DREAMBOOKS

의원강호

기공흑마 신무협 장편소설

ORIENTAL FANTASYSTORY & ADVENTURE

dream books
드림북스

의원강호 19

초판 1쇄 인쇄 / 2017년 8월 21일
초판 1쇄 발행 / 2017년 8월 31일

지은이 / 기공흑마

발행인 / 오영배
책임편집 / 편집부
펴낸 곳 / (주)삼양출판사 · 드림북스

주소 / 서울시 강북구 도봉로 173
대표 전화 / 02-980-2112 팩스 / 02-983-0660
편집부 전화 / 02-980-2116 팩스 / 02-983-8201
블로그 / blog.naver.com/dreambookss

등록번호 / 제9-00046호
등록일자 / 1999년 3월 11일

값 8,000원

ISBN 979-11-283-9122-4 (04810) / 979-11-313-0216-3 (세트)

* 지은이와 협의하에 인지는 생략합니다.
* 잘못된 책은 구입한 곳에서 바꾸어 드립니다.

이 도서의 국립중앙도서관 출판시도서목록(CIP)은 서지정보유통지원시스템홈페이지
(http://seoji.nl.go.kr)와 국가자료공동목록시스템(http://www.nl.go.kr/kolisnet)에서
이용하실 수 있습니다. **(CIP제어번호: 2017020528)**

의원강호

19

기공흑마 신무협 장편소설

ORIENTAL FANTASYSTORY & ADVENTURE

dream books
드림북스

목차

의
원강호

第一章
존각의 차이

아슬아슬했다.

'죽을 뻔했어.'

촌각. 아니 촌각 그 이하.

그 시간 내에 환골탈태가 되지 않았더라면? 전부터 몸을 단련해 뒀기에 환골탈태의 시간이 짧지만 않았더라면 죽는 건 이쪽이 됐을 거다.

'……신기한 상황이 됐지.'

몸 안에 있는 이종의 진기가 느껴진다. 아니 이종이라기보다는 이건 살아 있는 또 다른 생명이었다.

온몸에 생명력이 가득한 가운데, 무슨 생명력이든 잡아먹을 수 있을 듯한 내력이 함께 느껴진다.

적당한 균형과 조화다.

'생독이…… 변형됐다.'

이건 생각지도 못한 결과였다. 이 결과를 시험해 보는 데 가장 좋은 건 역시 실전.

알아서 달려드는데 피할 이유도 없다.

"죽엇!"

"하아앗!"

환골탈태를 하고 남은 내력은 일 할도 안 되는 상태. 몸 상태는 최상이나, 최상의 몸 상태를 만들기 위해 많은 진기가 소모됐다.

남은 건 잘해야 이십 년 내외. 일류 무인보다도 적은 내력이었다.

'그래도 충분해.'

하지만 위기는 아니다.

손을 휘젓는다. 선천진기를 이종의 내력에 보탠다.

"컥……."

검을 피한다. 짓쳐들어 손목을 잡아냈다.

콰즉.

그대로 으깼다. 동시에 뽑아낸다. 아니! 잡아먹는다!

"으아아아아악!"

강제로 피를 뽑아내면 나른함, 현기증을 겪다가 종래에는 죽음에 다다른다는데.

진기를 빼앗기는 느낌은 어떨까? 반응은 바로 나타났다.

"캬……악."

얼핏 보기에도 고통스러울 만큼 쪼그라든다. 으스러진 손목에서부터 팔 전체가!

동시에 어마어마한 내력이 빨려들어 온다.

후욱하고 들어오는 내력에 느껴지는 고양감은 어느 마약이 주는 쾌락보다도 더했다.

'위험하군.'

자주 쓸 방법은 아니었다.

이 고양감이란!

진원진기까지 격발시켜서 달려드는 자의 내력은 그만큼 달콤해도 너무 달콤했다.

중독되는 느낌이다. 자제를 해야 했다. 이대로라면 내공을 탐하는 악귀도 충분히 될 느낌이다.

흡성대법을 사용하고, 채음보양을 사용해서 다른 이의 내공을 뽑아내는 자들이 왜 자제를 모르는지 알 만했다.

'……자주는 안 되겠어.'

위기가 닥쳤을 때, 어쩔 수 없을 때 사용할 만한 것이 좋을 듯했다.

지금은 이걸로도 충분했다.

몸 안에 활력이 느껴진다. 내공을 전부 채우지 못해도 상관없다. 얻은 내공으로 기교를 사용할 수 있으면 될 뿐!

"……컥."

운현이 손을 놓자마자 손이 으스러진 무사가 그대로 무릎을 꿇는다. 족히 이십 년은 더 늙어버린 모습으로 주저앉는 그는 이미 전투불능이었다.

운현이 남은 제물을 찾는다.

파악!

오른발을 비튼다. 튀어 나간다. 옆에 있는 이를 노린다. 수도로 내리친다.

"캬악……."

어깻죽지에서부터 폐에 이르기까지. 순식간에 쪼개진다. 어느새 얇은 막이 운현의 손을 감싸고 있었다.

"……수강!"

멀리서도 알아본 당기재의 말처럼 수강이다.

강기다.

그것도 제대로 된 강기이며, 완성된 강기다. 감히 흉내를 내기도 힘든 완성된 강기를 운현은 너무도 자연스레 쓰고 있었다.

전보다 적은 내공으로, 전보다 능숙하게!

펄썩.

운현이 폐를 꿰뚫은 그대로 옆으로 손을 그어버린다.

완전히 갈라졌는데 어떤 사람 몸이 버틸까. 폐에서부터 어깻죽지에 이르기까지 떨어져 나간 팔이 바닥에서 퍼덕인다.

"이이익!"

고통에 버티고, 남은 한 팔로 덤벼드는 기세는 칭찬할 만하나 그뿐.

퍼억.

"큿."

남은 한쪽 손으로 쳐버리니, 그대로 둔탁한 충격음과 함께 쓰러져 버린다.

단지 몸을 벌벌 떠는 것으로 보아 죽은 것은 아니었다.

'좋군.'

내가중수법의 응용이었다.

겉을 넘어 내부에 타격을 주는 걸 넘어, 타격력을 조절했다. 덕분에 상대는 죽지 못했다. 다만 고통에 겨워 떨 뿐이었다.

"……."

"안 오나?"

기세 좋게 달려들던 상대들의 몸이 작게 멈칫한다. 자신들도 모르게 몸이 주저한다. 무의식이 가지 말라 말한다.

"먼저 가지!"

그 작은 틈을 운현이 찌르고 들어간다.

*　　*　　*

"……큿."

마지막 무인이 무릎을 꿇는다. 죽은 자는 없었다. 완벽한 제압이다. 심해야 불구가 됐을 뿐, 모두 살았다.

그 광경을 황궁 무사와 일행 모두 두 눈에 담았다. 압도적이었기에, 그들이 도달할 때쯤 모든 것이 끝났다. 그리 긴 거리도 아니었건만 열심히 달려온 것이 허무할 정도다.

"괜찮…… 아니, 어떻게 된 겁니까?"

당기재의 물음. 괜찮느냐는 물음은 의미가 없기에 삼키고, 대신 어찌된 영문인지를 묻는다.

그에 대한 대답은 운현다웠다.

"운이 좋았습니다."

"아니, 이게 운이 좋다고 될 일이…… 휴우. 일단 알겠습니다."

가슴 답답한 표정을 짓지만 어쩌랴.

'정말 운이 좋았지.'

조금만 시간이 엇나갔어도 죽은 쪽은 운현이었다.

암화에게 최악이 아니라 운현에게 최악의 죽음이 됐을 거다. 손 하나 까딱하지 못하고 맞는 죽음이라니. 이 얼마나 최악인가?

그걸 벗어난 건 어디까지나 운이었다고 생각했다.

깨달음 또한 생독이라는 매개가 있어 중단전을 마음껏 주무를 수 있는 덕분에 가능한 일이었다.

보통이라면 중단전을 자극하자마자 바로 몸이 터져 나갔을 테니까.

한 번의 기회. 그 한 번에 깨달음을 얻지 못하면 주화입마에 걸리는 거다.

그렇기에 완벽한 깨달음을 얻기 이전에 중단전을 건드리는 것은 불가능한 일!

재수가 좋았다. 생독이 진기를 빨아 먹은 것이 전화위복이 된 셈이다.

'가능만 하다면야 다른 사람에게 써먹어도 되겠어.'

완벽하지 않은 깨달음이라고 하더라도, 경지로 올라설 수 있는 방법을 찾은 느낌이다. 물론 부작용은 있었다.

'이종진기…….'

몸 안에 잠들어 있는 변형된 생독의 기운이 문제였다.

지금이야 운현의 몸이 강건하기에 잠잠하지만, 혹여 문제가 생기면 운현을 언제 또 잡아먹으려 할지 몰랐다.

몸 안에 폭탄을 집어넣고 다니는 상태와 같았다.

화약은 펑 터진다면, 이건 안에서부터 잡아먹는 게 다르달까.

기운을 원망할 건 없다. 태어나기를 그리 태어난 기운이다.

덕분에 경지도 올랐다. 더 무언가를 바란다는 것 자체가 욕심이다.

또한 언젠가 이 녀석을 통제하는 데만 성공을 한다면.

'더 위로 갈 수 있겠지.'

화경을 넘어 다른 기운에 도달하는 것이 가능할지도 몰랐다. 아니 꼭 그럴 거다. 길이 보이고 있었다.

그거면 됐다. 깜깜하니 아무것도 보이지 않은 것보다는 훨씬 나았다.

"다 됐습니다."

"험험. 괜찮으신 겁니까?"

뒤늦게 모든 걸 정리하고 온 송상후가 운현을 찾고 있었다. 바로 운현에게 달려오지 못한 것이 겸연쩍은지 괜스레 식은땀을 흘리고 있는 그였다.

"아무렴. 문제가 있겠습니까."

*　　*　　*

"신의님!"

어쩐지 아이처럼 매달리는 제갈소화를 한참 동안 달래고, 자신도 받고 싶은 듯 부럽게 바라보는 남궁미의 머리를 슥슥— 쓰다듬어 주고서야 자리를 잡을 수 있었다.

"……역시 신의님인가."

당기재는 부러움의 눈초리로.

"흠흠……."

"허엄."

명학과 송상후가 어찌해야 할지 모르겠다는 듯 한참을 있고서야 마련된 자리였다.

그사이 새로이 얻은 정보도 있는 건지 송상후는 짐짓 심각한 표정을 하고서 이야기를 시작했다.

"큰일을 치렀네만은…… 그 큰일이 어찌 될는지는 아직 모르지. 하지만 신의님을 포함하여 자네들도 관련이 돼 있으니 알아야 하겠다 생각했네. 그래서 달려왔고."

꽤 긴 서론과 함께 이야기를 시작하는 송상후였다.

*　　*　　*

"폐하는 감히 공격하지 않았습니다. 폐하는……."

애써 황궁을 공격해 놓고도 가장 중요하다 할 수 있는 황제는 노리지 않았다 한다.

독에 중독시켜 발을 묶어 놓았던 황후조차도 그들은 공격치 않았다고 한다. 미리 무사들을 동원해서 황제와 황후를 지키도록 했던 황궁으로서는 허무할 정도의 일이었다.

그 대신에 그들은.

"황궁 보고를 노렸습니다."

무공서. 귀한 서적. 서역의 귀한 것들. 진상 받은 것. 온갖 영약이 넘친다고 하는 황궁 보고를 노렸다고 한다.

보물창고를 노린 거다.

"너무 요란한 것 아닙니까."

"그래야만 가능했을지도 모릅니다. 선대의 것도 있는 곳이 보고이니…… 평상시의 경계는 삼엄함을 넘어 침입이 아예 불가능에 가깝죠."

"흠……."

이해가 안 가는 바는 많았다.

'아무리 황궁 보고라지만…….'

그래 봐야 창고다. 보통 사람은 평생에 구경도 힘들 것들이 넘친다고 하지만, 그래 봐야 보물이라 이 말이다.

황후를 중독시키고, 황궁에 무사를 동원하고 자신들의 전력을 깎아 먹으면서까지 얻어야 할 보물이 있을까?

이해가 가지 않는다. 차라리 도둑질을 할 거면, 중원에서 신도라고 불리는 자를 시켜 훔치는 것이 나았을지도 몰랐다.

황후를 중독시키고, 고위 관리도 암화에 속해 있다면 차라리 권력을 이용해서 보고의 물건을 빼돌리는 게 나았을지도 몰랐다.

당장 생각나는 방법만 하더라도 여러 개다.

이렇게 일을 크게 늘리는 것보다 좋은 방법들이 넘친다. 그런데 그들은 일을 벌였다.

'무슨 이유가 있을 거다.'

이유 없이 움직이는 자들이 아니다. 이렇게까지 크게 일을 벌인 것은 이유가 있을 거다. 계산된 뭔가가 분명 있다.

문제는 그 계산이 무엇인지 알 수 없다는 거다. 비밀스런 암화답게 당장은 그들에 대해서 알 방법이 없었다.

중요한 건 그들이 일을 벌인 방법이 아니라 그들이 만든 결과.

"많은 걸 가져가지 않았습니다. 몇 개의 기물을 가져갔지요."

"어떤 기물들입니까?"

"분명 힘을 간직하기는 했으나…… 용도가 불분명한 것들을 가져갔습니다. 그리고 도통과 함께 사라졌지요. 하…… 동창에서도 숨어 있었던 겁니다."

"동창의 파벌 중 하나를 담당하던 자가 사라진 거군요?"

"맞습니다. 처음부터 노린 것일지…… 회유를 당한 걸지는 알 수가 없지요."

기물을 가져갔단다.

출처도 불분명하고, 황궁으로서는 영험하고 귀한 것이 분명하나 그 용도는 알 수 없는 것들.

그런 귀물들을 챙겨 갔다고 한다. 그중 하나.

"이것은 미처 챙겨가지 못했지요."

품에서 송상후가 꺼내는 것은 주먹보다도 작은 돌덩이였다.

신기하게도 스스로 빛을 냈다. 야명주는 아니었다. 이게 야명주였더라면 귀하긴 해도 중원천지에서 구하지 못할 리가 없었다.

'전혀 다르다.'

야명주의 빛보다는 훨씬 또렷하다. 그에 더해 영험함이 느껴진다. 스스로 내력을 가지고 있는 영약처럼 내공을 가지고 있다.

"뭐지요?"

"정확한 이름은 없답니다. 황궁 보고를 관리하는 자가 적어 놓기로는 신석(信石)이라 이름 붙이긴 했습니다만은…… 관리를 위해서 붙인 이름이었을 따름이지요."

"흐음……."

신석이라.

관리를 위해서 붙인 이름이라고는 하지만, 묘하게 그 이름이 맞는 느낌이었다.

"귀하긴 합니다만은…… 간간이 나오는 겁니다."

"그래요?"

"예. 승려들 중엔 이런 돌을 가지고 목탁을 대신해서 만든 자도 있고, 염주를 만든 자도 있지요. 소림에도 있지 않습니까. 무당도 비슷한 게 있을 겁니다."

"아……."

예를 쉬이 드니 이해하기 편했다.

방장의 상징을 말하는 것이 분명하다.

'녹옥불장(綠玉佛杖)'

녹옥(綠玉)으로 만든 지팡이라 알려진 그것은 운현도 방장실에서 보았다. 그 또한 영험했다. 기운을 내포하고 있었다. 소림의 신물이라고 칭하기에 부족함이 없었다. 하지만.

'다르다. 완전히 달라.'

다른 이들은 몰라도 기운에 민감한 운현은 확실히 알 수 있었다.

소림사의 녹옥불장과 이것은 전혀 달랐다.

그래도 이해가 편한 건 확실했다.

그 기운이 다르더라도 영험한 힘을 가진 돌을 이용해서 무언가를 만드는 경우가 많다는 건 이해하기 편했다.

여기서 또 생기는 의문점은.

"그런데 이런 걸 노렸다 이거로군요? 이것에 담긴 힘이 중요했던 것일까요?"

대체 이 돌을 암화가 왜 노렸을까 하는 것이다. 역시 이건 알 수가 없다.

"잘은 모르겠습니다. 뭔가 다르긴 합니까? 신의님이기에 알 수 있을 듯 합니다만은."

"흐음…… 다르긴 합니다. 하지만 이런 걸 많이 보지는 못한지라…… 확실히는 모르겠군요."

물어오는 송상후에게 솔직하게 말하는 운현이었다.

"역시 그렇군요. 듣기로 서역에서 진상을 받았던 것이라고 합니다. 이런 것이 몇 개 있었답니다. 그중 몇몇을 챙겨갔을 뿐입니다."

"그리고 남은 게 이런 거라……."

스스로 힘을 가진 돌이라니. 어쨌거나 귀한 거다.

무려 황궁 보고에 있던 것. 그것도 암화가 챙기려 했던 것이니 사건의 핵심이나 다름없다. 그런데도 용케 송상후는 이걸 챙겨 왔다.

"암화가 챙기려던 이걸 어떻게 챙겨 오셨습니까? 괜찮은 겁니까?"

"제가 챙긴 것이 아닙니다. 황녀 전하께서 챙기라 말하셨을 뿐이지요."

"흐음…… 제가 깨어난 걸 아신 겁니까?"

"보고를 받으셨겠지요. 그 후 넘겨받았으니 말입니다."

아주 잠깐 사이. 다시금 정보를 얻으러 움직였던 송상후다. 그때 황녀의 명을 받아 챙긴 듯했다.

짧은 사이 일어난 일치고는 꽤 귀한 것을 챙겨왔다. 황녀가 신속히 움직여 준 덕분인 게 분명하다.

"그럼 이 물건을 넘기시는 이유는……."

"일의 핵심에 신의님이 있기 때문이겠지요. 거기다 황궁은…… 아시잖습니까?"

"……알지요."

"온힘을 다해 신의님을 돕되, 크게는 알리지 못할 처지지요. 전대의 그것이……."

"더는 이야기하지 않으셔도 이해합니다."

뒤에 숨겨진 송상후의 말. 그 말은 듣지 않아도 알았다.

'황제의 명인가…….'

현 황제 자체가 적통이 아니었다.

본래는 그의 조카에게 황위가 넘어가야만 했다. 하지만 아니었다. 반란이었다. 아니 성공했기에 혁명이라 칭해야 할까.

본래 황제가 될 수 없던 그.

중원에 있는 몇몇 왕 중 하나였던 그는 반란을 일으켰고 성공했다. 덕분에 지금의 지위에 오를 수 있었다. 황제라는 중원 최고의 자리.

그런 자리기에 그는 말을 할 수 없는 거다.

'반란으로 올라간 황제의 궁에서 다시금 반란이 일어났다.'

라고 말하기는 현 황제에게 있어 불가능에 가까운 일일 터다.

아직까지도 적통이 황제가 되었어야 한다고 말하는 자들이 있다. 올바른 황제가 아니라고 간간이 말하는 자가 있다.

현 황제의 권력이 공고함에 드러내놓고 말은 하지 않지만, 고관대작 중 일부는 분명 강력한 현 황제보다 전 황제를 그리워하는 자가 있다.

실종되었다고 말해지는 그를 찾는 자가 아직 있다.

그런 상황에서 황궁에서 반란이 일어났다 말을 하면 뒷일은 뻔하지 않은가.

잠잠하던 자들이 들고 일어날지 모른다. 실종됐다는 전대의 황제를 찾아 혹시하고 일을 획책할지도 몰랐다.

그래선 안 됐다.

그건 애써 현재의 평화 아닌 평화를 만들어 낸 황제가 원하는 바가 아닐 게 분명했다.

"……대외적으로는 황궁의 보고가 털렸다고 알려질 겁니다. 동원된 암화 무사들은 지워질 겁니다. 아주 완벽히."

"좋지 않군요."

"알아볼 건 확실히 알아볼 겁니다."

"그나마 다행이라지만…… 이래서야……."

황궁의 도움을 확실히 바라기 힘들다.

대외적으로도 도와주기를 원했거늘, 현 황제의 업보가 발목을 잡았다.

황궁의 내부에서 무사들이 날뛴 건 반란이라고 봐도 무방하건만, 자신이 벌인 일이 있기에 반란이라 말하지 못한다. 대신에.

"……도통이 황궁 보고를 노렸다. 정도가 될 겁니다. 탐욕을 이겨내지 못한 그런 자로 기록되겠지요. 무사들이 동원된 것도 축소될 겁니다."

"말도 안 되는 소리로군요."

"솔직히 그렇습니다."

무려 도통이다. 종일품이다.

그런 자가 고작 보물이 탐나서 일을 벌였다고 기록된다? 말이 되는가. 종일품쯤 되는 자가 그렇게 기록되는 것도 우스운 일이다.

진정으로 말도 안 되는 소리다. 그럼에도 그리 기록될 거다. 그게 현 황제의 의지니까.

"또한 그 외 몇몇이 책임을 지겠지요."

"하……."

"신의님께는 송구스러울 뿐입니다. 일이 이렇게 될 줄은 몰랐습니다."

결과적으로 이번 일은 풀리지 않은 의문이 많다.

사라져 버린 도통의 정체. 그에 연류된 자들. 동원된 암화무사들이 대체 북경 어디에 있었을지.

또한 그들이 신석을 노린 이유도 알 수가 없다.

의문점은 많아졌는데, 그 일을 발 벗고 나서서 해결해야 할 황궁이 드러내 놓고 움직이기 힘들다 말한다.

'이래서야 반쯤의 성공인가.'

소림으로부터 무림의 힘을 받고, 황궁을 이용해서 권력의 힘을 받아 암화를 처리하겠다는 계획이 약간 비틀어졌다.

"그래도 도움은 분명 될 것입니다. 당장 동창만 하더라도 정비가 된 뒤에는 신의님을 도울 겁니다."

"그야 바라 마지않는 일이긴 합니다만은……."

"미흡하기도 하지요. 허허……."

큰 도움이 될 거라 여겼던 황궁의 도움이 생각보다 약할 느낌이다.

드러내놓고 움직이는 것과 음지에서 도와주는 건 그 힘이 다를 수밖에 없다.

'차라리 잘됐군……. 준비를 해두길 잘했어.'

역시 세상은 누군가의 도움을 바라는 것보다는 자신의 힘으로 깨부수는 게 낫다는 걸 다시 한번 실감하는 운현이었다.

그래도 얻어야 할 건 얻어야 하는 터.

"뒷이야기는 어찌 됩니까?"

송상후와의 일을 마무리할 필요가 있었다. 뒤이어서는 황녀, 황후, 황제까지도 만날 필요가 있었다.

第二章
뒤처리

송상후의 말대로 되었다. 정확히는 송상후에게 말을 전하게 한 황녀의 전언대로 되었다.

"……크."

황궁에 쳐들어왔던 암화의 무사들은 쥐도 새도 없이 사라졌다. 그에 대한 기록도 완전히 사라졌다.

동창의 어딘가에 있다는 곳으로 끌려갔다는 것만 송상후를 통해서 언질을 받았을 뿐이다.

"최고가 들어가 있습니다. 얻을 건 얻을 수 있을 겁니다."

"그나마 다행이로군요."

동창에서도 이번 일로 큰 피해를 받았다.

동창 출신의 도통이 이번 일에 관련이 있다는 것으로도 타격을 받은 데다, 그들 중에 암습을 받은 자도 꽤 됐다.

실제로 죽은 자가 있었고 자연스레 원한이 생겼을 수밖에 없다.

그런 상황에서 암화의 무사들이 운현의 손에 의해서 잡혔으니, 뒷말은 더 할 필요가 있겠는가.

"꽤 얻었습니다."

며칠 되지도 않아서 정보를 들고 온 송상후였다.

"흐음……."

신석은 그들 암화의 우두머리가 본래부터 원하던 것이었다 한다.

그들의 죽음은 그들이 말하는 새로운 신천지가 열린다고 하는 대의를 위한 것이었다 한다.

'의미를 파악키 힘들어…….'

과연 죽음으로 무엇을 얻을지 모르겠으나, 그들은 광신도처럼 그들의 죽음이 곧 새로운 탄생이라 믿고 있었다.

이를테면 대의를 위해서라고 믿는다고 표현하는 게 맞을 거다.

"개중에서…… 황궁에 원한을 가진 자도 있기는 했습니

다. 숙청당했던 자들이더군요."

"대의라고 말하는 것보다는 차라리 현실적이로군요."

"우습지만 그런 것 같습니다."

물론 모든 암화의 무사들이 그런 마음인 것은 아니었다.

그들 중 일부, 암화에 흘러들어 간 자들은 암화의 대의를 위해서가 아니라 황궁에 원한이 있어 온 자들도 있다 한다.

전대의 황제를 따르던 자들. 현 황제에 의해 숙청된 가문 출신의 무사들이라고 했다.

그들로서는 자신들을 쥐 잡듯 잡았던 동창에 황제만큼이나 원한이 있었을 터.

"저희를 죽이기 위해서 온 것도 이해는 가지요."

"차라리 그쪽이 더 이해가 편합니다."

운현이 보기에야.

'이미 황제가 바뀐 지가 언젠데…… 그런 상황에서 목숨을 걸다니…… 쯧.'

이해가 가지 않는 상황.

하지만 그 원한으로 목숨을 걸고 동창 무사들을 죽이러 온 것은 차라리 대의 때문에 죽는다는 자들보다 이해가 편했다.

"본래부터 북경에 지내던 자들이니 숨기도 편했다고 합니다."

황궁과 동창에 원한을 가진 자들이 암화들에게 북경의 거처를 만들어줬다고 한다.

여기에 도통의 도움까지 보태져서 꽤 많은 암화의 무사들이 북경에 숨을 수 있었다고 한다.

북경의 시내에 점조직처럼 숨어 있었던 것은 당연.

"토굴도 있더군요."

"……또 그놈의 동굴이로군요."

"북경 가까이에 그 많은 토굴을 파 놓고 숨겨놓았을 줄은 상상도 못 했습니다."

운현으로선 지긋지긋한 동굴도 있었다고 한다. 북경 가까이에 벌집처럼 굴을 파 놓아서는 그 안에서 꽤 많은 자들이 숨어 살았다고 한다.

"아직 모두는 잡지 못했습니다. 그래도 덕분에 북경 수비대는 난리가 났지요."

이를 미리 파악해야 했을 동창이나 북경 수비대는 덕분에 한바탕 뒤집어졌단다.

아무리 도통이 동창의 눈을 막았다지만, 그 거대한 규모의 토굴들을 알아본 자가 어찌 한 명도 없느냐는 황제의 서슬 퍼런 질책이 있었다 했다.

덕분에 북경수비대나 동창이나, 잠시간 그동안의 경쟁심을 버리고 협력을 하는 초유의 사태가 일어나는 중이었다.

“꽤 많은 자들을 잡고 있습니다. 의심스런 자들은 다 잡아들이고 있지요.”

북경에 한바탕 난리가 나고 있는 것이다. 엄한 자들이 당할 수도 있으나, 혼란스런 현 북경에서는 일어나야 할 일이기도 했다.

거기서 얻은 정보들이 모두 운현에게로 들어왔다.

“……일단은 여기까집니다. 더 얻게 된다면 신의님께 전해지겠지요.”

“헌데 이렇게 쉽게 전해주셔도 되는 겁니까? 기밀이랄 수 있는 것도 꽤 있습니다만은…….”

“신의님 아닙니까. 황녀 전하의 명이 있었습니다. 아마 폐하도 허락하셨기에 가능한 일이겠지요.”

“흠…….”

모두 황녀의 배려 덕분이었다.

‘배려가 다가 아닐 듯하긴 한데…….’

내심 걸리는 바가 있기는 하지만, 주는 정보는 다 받아들이고 보는 운현이었다.

* * *

“도통이 도망갔다. 그리고 그 도통과 눈을 맞은 자는 하나뿐인 황귀비라고 하더라."

북경 시내에서부터 퍼져나간 이야기였다. 주루고 객잔이고 할 것 없이 사람들만 모이면 눈이 맞았다는 소리가 떠돌았다.

사람 셋이 있으면 없는 호랑이도 만들어 낼 수 있다.

이번에는 셋이 아니라 수십 수백이 나섰다. 동창에 숨어 있는 무사들. 그들이 소문을 재생성하고 날랐다.

아무것도 아닌 허위. 실제로는 일어나지도 않았을 일.

반박할 수 있는 말이었지만, 그럴 수 있는 분위기가 못 되었다.

"고년이 미쳤지!"

"매일 나다닐 때부터 알아 봤다고."

현 북경의 분위기는 좋지 못했다.

암화가 있는 곳을 찾겠답시고 이곳저곳을 동창, 황궁무사들도 모자라 사람 좋던 수비대까지도 뒤지고 다닌다.

두렵기도 하고 답답하기도 할 상황이다.

그런 상황에서 원망할 자를 찾아 만들어 줬다. 없어진 도통과 황귀비다.

특히 황후가 쓰러지고서 황후 행세를 하고 다니던 황귀비. 황후의 쾌유를 빈다며 북경 이곳저곳을 다니던 황귀비는 눈엣가시가 될 수밖에 없다.

답답한 상황에 눈앞에 원망할 자를 만들어 주지 않았나.

"죽여야지!"

"그런 무서운 소리 하지 말게. 경을 칠지도 모른다고."

"무슨 소리! 죽을 사람은 죽어야지! 저기 동방에서는 공주라는 자도 폐위됐다더만. 죄를 지었으면 벌 받아야지."

"암. 암. 그렇지!"

평소라면 말하기 힘들었을 터이나, 동창이 이 분위기를 묵인해 줬다. 아니 만들어줬다고 봐도 무방하리라.

실제로 얼마 후.

"……잡아라!"

"아아아아악! 내, 내가 누군지 알고! 너희들이! 네놈들이!"

황후의 쾌유를 핑계 삼아, 절경을 감상 중이었던 황귀비가 잡혔다. 그녀의 일거수일투족을 수발드는 넷의 시비와 함께였다.

본래라면 아무리 폐위가 된다고 하더라도 최소의 예우는 받는 것이 황귀비인 터.

하지만 지금의 동창과 황궁 무사들은 가차없었다. 이미 황제가 묵인을 해준 덕분에 정말 죄인이라도 되는 듯 황귀비를 끌고 왔다.

"저년이다!"

북경 안에 들어왔을 때는, 무서운 기세로 돌을 던지는 자도 있을 정도였다.

퍼어억.

처음 몇 번이야 두고 보았지만, 이대로면 황귀비를 끌고 가기도 전에 황귀비가 돌을 맞아 죽을 상황.

"일단은 막아라."

어쩔 수 없이 수비대가 나서서 막지 않았더라면, 정말 황궁에 도착하기 전에 황귀비가 죽었을지도 몰랐을 정도였다.

그렇게 주도자 중 하나가 잡혀 왔다.

*　*　*

"단지! 단지! 올라가고 싶었을 뿐이다! 단지! 폐하…… 이런 제가 좋다 하시지 않았습니까!"

눈은 시뻘게진 채로, 멍한 표정으로, 광기를 흘리면서 외치는 황귀비의 마지막 모습은 처절했다.

그 아름답고 화려하던 외모는 온데간데없이 사라졌고, 돌에 맞아 찢어진 상처와 고문의 흔적을 달고 외치는 그녀는 이미 미쳐 있었다.

"……장례만은 잘 치러주도록 하라. 마지막만큼은 보기 좋도록."

잔인하기만 했던 황제. 자신이 황위를 얻기 이전까지는 그 누구보다 악착스러웠던 황제도 살을 맞대고 살았던 황귀비에게 마지막 동정은 들어설까.

사지를 찢어 죽이는 거열형(車裂刑), 형틀에 묶어놓고 산 채로 포를 뜨는 능지와 같은 참혹한 형이 본래 황귀비에게 주어져야 할 벌일 터.

하지만 그 마지막만은 작은 동정으로 피하게 해 준 황제였다.

"끄으윽……."

물론 잔혹한 방법은 아니라도, 사약을 삼키고 죽어가는 그 순간은 충분히 고통스러웠을 터다.

'온몸이 타는 느낌이었을 테지.'

의왕전의 의원들이 만들어낸 사약.

평상시보다도 더 독한 사약이었다. 황궁에서 이번 사건을 묻어버리겠다 말했다지만, 그들은 동료가 죽었다.

운현을 노리기 위해서 의왕전에 쳐들어온 무사들은 가차 없었다. 걸리는 의원들은 전부 죽였다.

원한이 없을 수 없었다.

그렇기에 만들어진 사약은 완전한 독약이었다. 상대에게 죽을 듯한 고통을 주다 죽게 만드는 독약.

사람을 살리기 위한 방법만큼이나, 죽일 방법도 잘 아는 그들이 만든 사약은 그런 지독한 것이었다.

그걸 삼켰으니.

"……하아…… 흐……."

황귀비가 고통스럽게 죽는 것도 당연 이해할 만한 일이었다. 그녀는 아주 잔혹하게 그대로 죽었다.

* * *

"끝인 걸까요?"

"아직이겠지요."

그렇게 아주 잠시 황궁의 일이 일단락되어 가는 듯했다.

황궁의 사람들은 분주히 움직여 갔다.

태를 수습키 위해, 이번 일로 상해 버린 황궁을 고쳤다. 황귀비의 흔적을 지우기 위해 그녀가 머물던 궁 자체를 완전히 새로 고치기 시작했다. 아예 새로 짓는 수준이었다.

사라진 시비들이 새로 뽑혔다. 교육을 위한 자들이 부리나케 바삐 움직였다.

황궁 무사들은 아무런 일도 없었던 양 조속히 본래의 모습으로 돌아갔다.

동창은 겉으로는 평온하였으나, 안으로는 이번에 잡은 무사들로부터 정보를 얻고 북경을 청소키 위해 움직여 갔다.

적어도 북경 내의 암화는 제대로 지우기 위해 바삐 움직였고, 많은 이들이 죽어갔다.

황궁의 움직임은 자연스레 북경 자체를 분주케 했다. 중심인 황궁이 그리 움직이는데 북경이 조용할 리 없었다.

모두가 새로운 상황에 적응을 해야 했다. 변화였다.

그 가운데에서.

"저희만 한가로운 거 같군요."

"허 참…… 일단은 그리 된 거 같습니다. 이거 뭘 해야 할는지……."

남은 일행들. 그들 모두가 거친 바다 위에 외로이 떠 있는 섬처럼 떠 있었다.

운현과 함께 황궁에 왔다지만, 그들에게 따로 주어진 일은 없는 상태이지 않은가.

무언가 하려고 해도 그들과 어울려줄 사람이 없었다. 그러다 보니 그들은 자신에게 주어진 거처에서 머무르고 있을 뿐. 무언가를 할 수도 없었다.

"이런 상황에서 쉬이 움직일 수도 없으니……."

"쯧. 갇힌 꼴이로군요."

온갖 산해진미를 맛보며 몸은 편히 보내고 있으나, 마음이 불편한 상황이었다. 그런 가운데에서.

"그나저나 신의님은 또 어디로 간 걸까요?"

"의왕전에 갔답니다. 전해 받을 것이 있다고 하더군요."

"괜찮을까요?"

"환골탈태를 했으니…… 일단은 괜찮을 거 같소만. 흐음."

"무리만 않았으면 좋겠네요."

오로지 신의 운현만이 바쁘게 움직이고 있었다.

* * *

그 운현은 의왕전의 장서각에 들어가 있었다.

'풀어야 해.'

그로서는 걸리는 바가 있었다. 그렇기에 그걸 풀기 위해서라도 의왕전에 올 수밖에 없었다. 지금이 아니면 풀지 못할 듯했다.

장서각에서 그가 찾은 자는 화서평이었다. 편공서 정해와 화서평서를 전해주었던 이였다.

그에게 다가가자마자 운현이 물었다.

"어르신, 정해를 준 것이 우연은 아니지요?"

"헹, 무슨 헛소리더냐?"

"그 정해와 평서가 없었더라면…… 치료가 불가능했을지도 모릅니다. 아시잖습니까?"

"……그럴 수도 있겠지."

노 의원 화서평. 그는 단지 운현에게 자신의 책들을 전해줬을 뿐이다. 하지만 그 책들이 있었기에,

'생독으로부터 버틸 수 있었지.'

황후를 치료하던 당시 운현이 버틸 수 있었다.

편공서에 적혀 있던 방식으로 내력을 증폭하지 못했더라면, 황후의 몸에 깃든 생독이 폭주했던 당시 버티지 못했을 거다.

또한 편공서 정해에서 얻은 것과 화서평서에서 얻은 지식들이 없었더라면, 생독에 중독된 상태에서 중단전을 건드린다는 생각은 하지도 못했을 거다.

화서평. 그가 준 지식들 덕분에 더욱 쉬이 기혈을 만질 수 있었다. 덕분에 깨달음을 얻어 살아남을 수 있었다.

'우연일까…….'

그것을 운현은 우연일까 생각했다. 그에 대한 화서평의 답은.

"인연일 따름이다. 작은 인연. 무당에 잠시 적을 뒀던 덕분이라 생각해라."

"……그로는 부족하지 않습니까? 그렇다 해서 모든 것을 넘기기에는……."

"헛소리!"

"황후 전하의 독을 어느 정도 짐작했지요?"

"조금 했을 뿐이다. 도움이 될 거라 여기긴 했지. 네가 이해를 한다면……."

"그러니 우연은 아니지 않습니까?"

"헛소리라 하지 않았나. 책을 줬다 해서 바로 익힐 자가 몇이나 될까? 네가 지식을 얻기 위해 노력했기에 가능했을 뿐. 단지 우연일 뿐이다. 그게 인연이고."

알 수 없는 말을 하면서 우길 뿐이었다.

'이거 참…….'

설득을 하기에 그는 완고해 보였다.

자신이 책을 넘긴 덕분에 운현이 살아남은 것, 황후를 치료할 수 있었던 공에 대해서 상관치 않는 눈치였다.

그저.

"사람 살렸으면 될 뿐이다. 그게 의원이 할 일이고."

"……알겠습니다."

의원으로서의 본질을 말하면서.

"아해야. 고작 그뿐이면 되는 거다. 그뿐이면…… 그러니 보자, 오늘은 아니, 지금부터는 이거나 챙겨라."

그 오래전 운현이 죽음이라는 자연의 섭리에 잃어버렸던 스승 왕 의원이 그러했듯, 서책을 넘겼을 뿐이었다.

미리 챙겨 놓았었던 건지, 화서평이 넘기는 책의 무게는 묵직하기만 했다.

그러나 책의 무게보다도 그로부터 느껴지는 의원의 마음이 더욱 묵직했다.

"익혀라. 그리고 살려라. 그뿐. 나는 힘이 닿지 못해 치유를 하지 못했고, 황후 전하를 치료한 것은 모두 네 공일 터이니……."

현자라도 되는 듯 말하는 화서평의 눈은 무언가 홀가분해 보였다.

말은 하지 않아도, 장서각에 머무르면서 황후를 치료하지 못한 것에 대해서 마음에 걸리는 바가 있었던 것이 분명했다.

약주각 각주 화섭주, 의원으로서의 극의를 추구한다는 통의각의 정효추보다도 눈앞의 괴팍한 화서평이 더 의원다웠다.

"……절 받으시지요."

"일없다. 쓸데없이 인연을 더 쌓아서 뭣하랴. 다만……."

"무엇입니까?"

"아니다. 익히기나 잘하거라. 익히기나! 잡담이 길었다. 다 이곳만 쳐다보지 않더냐?"

화서평의 말대로 의왕전에 있는 의원들 전부가 둘에게 집중하고 있었다.

의생들이야 그렇다 쳐도, 장서각의 의원들이 둘에게 집중을 하는 것은 실로 부자연스러운 모습이었다.

화서평의 목소리가 커서 다들 집중하는 걸 그는 아는지 모르는지.

"큼…… 쓸데없이 분란만 일으키지 말고 공부나 해라. 사람 살릴 공부! 쓸데없이 이것저것 생각지 말고. 그게 본분이니."

부끄러운 듯 얼굴을 붉히고 서책에 붓을 들이대기 시작하는 화서평이었다.

그런 그에게 운현은 읍을 해 보였다. 그 어떤 때보다도 깊은 읍이었다. 마치 제자가 스승에게 하는 읍이었다.

'……본분이라.'

생각지 못한 곳에서 많은 것을 얻은 것에 감사하는 읍이었다.

'하기는 그럴지도…….'

의왕전에 있는 계파, 통의각이니 약주각이니 하는 구분은 모두 필요 없는 것일지도 몰랐다.

의원의 본질은 결국 살리는 데 있는 것이지 않은가. 그걸 화서평은 말하는 것이 분명하다.

"으차."

"어허이. 시끄럽대도. 조용히 자리 잡거라."

언제나 그러했듯 자연스레 장서각의 한편에 자리를 잡는 운현이었다. 손에는 화서평이 쥐어준 두터운 의서들이 잡혀 있었다.

당장 전부는 아니더라도, 황궁에서 일어난 암화의 일이 일단락되어 가고 있었다.

*　　*　　*

운현이 언제나처럼 새로운 것들을 흡수해 가고 있을 사이. 시간은 언제나처럼 흘러갔고 당장은 모든 일이 수습되었다.

송상후의 말대로 반란이 아닌 황궁 보고의 탈취사건으로 일이 기록됐다.

그때가 되어서야, 황녀부터 시작하여 모두가 운현을 찾기 시작했다. 우선은 보상을 위해서였다.

“미안하게 되었구나. 신경을 쓰려야 쓸 수 없는 상황이었다.”

“……이해하고 있습니다.”

오랜만에 보는 황녀는 자신의 보금자리인 황궁에 있었음에도 꽤나 수척해 보였다.

운현을 보지 못하는 사이 여러모로 일어난 일을 수습키 위해 움직였을 것이 분명하다.

새로이 몸을 일으킨 황녀, 그녀의 언니인 주아소가 그녀를 도와줬다고 해도 황궁 내부의 사정이 복잡한 터.

정치적으로 꽤 복잡했을 게다. 그걸 이해 못할 운현은 아니었다.

"본디 어머니…… 아니 황후 전하가 그대를 먼저 보기로 했으나, 내가 자네를 먼저 보기를 요청하였느니라. 그 이유. 알고 있는가?"

"음……."

운현으로서는 알 수가 없었다. 왜 굳이 그녀가 찾았을지 알만큼 운현은 신경이 굵지 못했다.

"요 근래 매끄럽게 돌아가던 혀가 오늘은 아교로 붙인 듯 하구나."

"……송구합니다."

"되었다."

짐짓 섭섭하다는 듯한 표정을 짓던 황녀였다.

그러곤 이내 표정을 수습한다. 지엄한 표정으로 돌아갔다가, 다시금 감격스러운 표정을 짓고는 작게 읊으며 고개를 숙였다.

"……고맙다. 진심으로. 그 무엇보다도. 본녀가 평생 갚지 못할 빚을 지었다."

그러곤 진심을 말한다.

한 어미의 딸로서 어미를 고쳐준 의원을 향한 고마움, 자신의 목숨을 걸고서 독을 치료해 준 운현을 향한 고마움이 가득 담겨 있었다.

운현으로서도 놀랄 만큼 깊이 고개를 숙이는 황녀의 모습은 서릿발 서린 평소 모습이 아닌, 감사할 줄 아는 자의 아름다운 모습이었다.

"이러시지 않으셔도 됩니다. 할 일을 했을 뿐이었습니다."

"……정말로 고맙구나."

그렇게 한참 감사를 표하던 황녀는 한참이 지나고 나서야 본론을 꺼냈다.

"받아야 할 것은 받아야 하지 않겠느냐. 물론 폐하께서도 자네에게 보상을 주시겠지만, 이 몸이 따로 준비한 것도 있으니. 영철. 가져오게나."

"……예."

모든 일이 끝나고서야 바깥에서 시립하고 있던 영철이 조심스레 들어와 무언가를 건넨다.

그건 거대한 상자였다.

"열어 보거라."

"이건……."

얼핏 봐도 상자 안에는 많은 것들이 담겨 있었다.

황녀가 바삐 움직였던 것이 이 선물들을 챙기느라 그랬던 것이 아닌가 생각이 들 정도로 많았다. 또한 세심했다.

"꽤 도움이 될 것이니라. 자네가 준비하는 것들이 무엇인지 가늠이 되기도 하고."

운현. 많은 것을 얻었다.

第三章
보은

"……많이도 받았군요."

황후에 이어서 황제에 이르기까지 보상을 받았다.

황녀가 보상을 건네주며 조용히 처리한다 하기에 황제가 보상을 줄 줄은 예상하지 못했는데 그 예상이 깨졌다.

황후가 건네준 것은 갖가지 패물들. 그리고 운현이 있는 의방과 그의 아버지가 운영하는 표국에 대한 이권을 약속해 줬다.

말이 약속이지 이미 받은 것이라 봐도 무방했다.

황귀비도 사라진 터. 정치적인 혼인이면 모를까 본래부터 여색을 밝히는 편은 아닌 황제기에 작금 황후의 권력은 컸다.

이런 상황에서 그녀가 약속한 이권은 그대로 실행될 것이 분명했다.

그것만으로도, 시간이 조금 지나면 운현의 의방은 물론이고 표국도 거대한 표국으로 발돋움하기에 충분한 터.

"이걸로는 부족하지 않겠느냐? 작금 자네의 역할엔 제대로 날개를 다는 것이 맞겠지."

헌데도 황후는 그걸로도 모자라다 생각했는지 온갖 귀한 것들을 건네줬다.

"약재는 마음껏 가져다 쓰게나. 필요하면 의왕전에 언제든 요청하면 되네."

황족, 황궁에 있는 자들을 위해서 귀히 쓰일 약초를 가져다 쓰라 말했으며,

"이건 꽤 약속한 거네. 나머지는 나중에 전해질 것이야."

액수만 하더라도 놀랄 만한 수가 적혀져 있는 전표를 세심하게 건네어줬다.

황궁에서 전표라니.

원하기만 하면 대소신료들이 구해줄 것인데도, 대체 이런 게 왜 황족에게 필요하겠냐 싶지만서도 운현을 위해 구했다고 생각하면 또 이해가 갔다.

'……통이 크긴 크구나.'

한때 황녀가 건네어 준 돈으로도 꽤 놀랐던 운현이지 않은가.

그 액수도 지금 운현의 손에 쥐어진 전표들로 이미 월등히 뛰어넘었다.

그걸로도 대단한데 이게 시작일 뿐이라고 하니!

황후가 운현을 은인으로서 대하는 것도 맞으나, 그 이면에는.

'새로운 세력을 키우는 걸지도…….'

황궁에 여러모로 이득을 가져다주는 운현을 키울 계산이 있는 것이 분명했다.

암화가 한바탕 난리를 쳤고, 그 이면에 도통이란 직위에 있는 자가 끼어 있다는 건 큰 충격이었을 터.

반란에 성공해 황제의 자리에 오른 현재의 황제로서는 그 충격이 말이 아니었을 게다.

그나마 믿을 만하다 여겨 올린 자가 배신의 핵심이었으니, 그 충격은 당연한 게다.

그런 의미로 운현을 키우는 걸게다.

그나마 믿을 만한 운현에게 힘을 실어주면, 중원의 현 상황을 풀어나가는 데 가장 제격일 거라는 계산이 들어갔을 게 분명하다.

이권을 약속하고, 밀어주는 것에는 그런 이면이 있는 거다.

이것으로도 부족하다고 여겼는지, 이들은 제물에 영약, 약초, 여러 비급까지 전해주고도 더한 걸 건네줬다.

재산, 이권보다도 당장에 써먹을 수 있는 물건이었다. 받을 수 있을 거라곤 생각지도 못한 귀물이다. 사람이 만들어낸 귀물.

운현의 손 안에 담겨 있는 패.

당장이라도 살아 움직일 것 같은 용이 새겨진 푸른색의 패는 신석이라 말하던 것과 같이 웅혼한 힘이 느껴지는 듯했다.

살아 움직일 듯 새겨진 용이 예사롭지 않기에 힘이 느껴지는 걸지도 몰랐다. 장인의 무언가가 담겨 있다.

'청룡패라…….'

황제가 준 패다. 어느 때고 동창의 무사들을 부릴 수 있고, 때로 관아의 협조를 구할 수 있다는 패.

말이 협조지 반란이라도 생각하지 않는 한 현 황제의 말을 거스를 자는 없으니, 명령이랄 수밖에 없다.

왕이나 성주쯤 되는 자는 또 모르겠지만, 이건 의미 그 자체로 귀물이다.

"……상상도 못 한 걸 받으셨습니다."

놀란 눈을 하고 말하던 송상후의 말대로라면 운현을 제외하고는 당장 받은 자가 없다고 하는 게 청룡패란다.

귀한 일을 할 때나 받을 수 있는 패라던가. 그걸 운현은 하사받았다.

"황궁이 대대적으로 나설 수 없음이니…… 저라도 나서야 한다는 의미 아니겠습니까?"

"그렇겠지요. 그래도…… 꽤 도움은 될 겁니다."

권한이 있으면 책임 또한 막중한 법. 마냥 좋아할 수만은 없는 게 청룡패였다. 그래도 도움이 되는 것도 사실이다.

부담감이 오지만 운현은 받은 것들을 곧 잘 소화해 냈다.

* * *

꽤나 시간이 지나간 터.

이후로도 성과는 없는 편이었다. 도통을 놓친 이후로 암화의 꼬리가 잘렸다.

북경을 대대적으로 수사하여 남은 잔당들을 잡아내기는 했지만 그뿐. 잔챙이라고 할 수 있는 자를 잡았다 해서 새로 얻어 낼 수 있는 건 없었다.

적어도 북경 내부에는 암화의 세력이 꽤 걷혔다 할 수 있는 게 위안이라면 위안.

'하남. 호북. 북경…… 이 정도이려나.'

당장 세 개. 어디까지 숨어들었을지 모를 암화를 몰아냈다 싶을 만한 성과였다.

그래도 수도를 포함하여 이 성들 모두가 제법 성세를 구축하고 있는 성이니 나쁜 건 아니었다.

처음 암화의 정체를 알지도 못했을 때에 비하면 많은 것들이 달라졌다.

'그래도 준비는 해야겠지.'

이룬 성과에만 운현은 만족하고 있지 않았다.

"왔느냐? 슬슬 간다지?"

"배울 건 다 배우고 가야 하지 않겠습니까."

"말은 잘하는구나."

"근래 그런 소리를 좀 듣기는 합니다."

"됐고, 배울 거나 배워가라. 이거는 받아가도록 하고. 아, 그리고 독에 관한 것도 몇 얻어 챙겼다."

"……감사합니다."

"소일거리 삼아 한 게다. 신경 쓰지 말고!"

"그래도 감사합니다."

"큼. 됐다. 가서 책이나 봐라. 책이나."

그사이 운현은 준비를 했다.

지닌바 의술을 갈고 닦고, 장서각의 화서평으로부터 배움을 얻어가며 부족한 바를 갈고 닦았다.

또한 많은 걸 교류할 수 있었다.

"큼…… 독을 어떻게 옮긴 것인가?"

"자네가 이번에 황후 전하를 뵈었다고."

의학에만 몰두하는 자는 운현이 어찌 황후를 치료했는지를 알기 위하여 교류를 청하였다.

권력을 탐하는 자는, 알음알음 운현이 청룡패를 받은 것을 알고 찾아왔다. 황후나 황제를 만난 것에 신경이 곤두서서 찾아오기도 했다.

계파를 떠나, 여러모로 운현과 친분을 쌓는 것이 이득이 되는 것을 아니 절로 몸이 달아 찾아왔다.

"그 방식이란 것이……."

"잘 찾아 오셨습니다."

상대가 자신에게서 이득을 얻으려고 온 것이라지만 내칠 이유는 없지 않은가.

독불장군도 아니고, 본래부터 효율성을 중시하는 운현이었다.

줄 건 주고, 받을 건 받아가며 자신이 부족하다 할 수 있는 것들에 배움을 청한 운현이었다.

교류 덕분에 많은 것들을 얻었다.

'재밌군.'

넓디넓은 중원 땅이지 않은가. 음식 하나만 봐도 수없이 많은 종류가 있는 게 중원이다.

깊이가 필요하다지만 의술도 많은 종류가 있었다. 또한 많은 체계가 있었다.

그들 중에서도 최고라고 할 수 있는 자들이 모인 곳이 황궁의 의왕전이다. 감히 왕이라는 호칭을 칭할 수 있는 곳에 모인 자들이라 이 말이다.

그런 자들의 한 마디, 한 마디. 의견, 방식. 그 모든 것들이 금과옥조와 같았다.

무림으로 치면 무림에서도 알아주는 최고의 고수들과 모여 교류를 하고 가르침을 받은 셈!

'좋다.'

실수 한 번, 약간의 서투름으로도 생과 사가 오고가는 것이 의술이니 당장 실전에 써먹지 못하더라도 좋았다.

이것들을 갈고 닦아 자신의 것으로 하기만 하면?

더욱 높은 경지로 한 걸음 나아갈 수 있게 된다. 그리고 그 뒤.

'합일이지.'

의술을 이용하여 자신의 몸을 관조하고, 이종의 것이 되어버린 죽음을 관장한다 할 수 있는 생독을 완전히 이해만 할 수 있게만 된다면!

더욱 높은 경지로 갈 수 있게 될 것이 분명했다.

그런 토대를 운현은 황궁에 있는 동안 쌓고 또 쌓았다.

*　　*　　*

운현이 준비를 하는 그사이.

"하아압!"

"……더!"

일행 또한 싹을 틔우기 위해서 준비를 하고 있었다.

동창 무사들과 교류를 하고, 자신들끼리도 무공을 나누기를 한참. 때 아닌 수련의 열풍이 불었다.

'……더 밀릴 수는 없다.'

'이대로 뒤처지다가는…….'

이번 일로 위기감과 무기력감이 들었던 일행이다.

모든 일에 있어 지금까지 운현이 주도해 오기는 했다. 그렇다 해도 일행이 한 수씩은 거들어 온 것도 사실.

하지만 이번 일은 아니었다.

아무리 황궁의 일이 보통 일이 아니고, 판이 커졌다고 하다지만 이번 일은 평소보다 정도가 더 심했다.

그들이 끼어들 틈이 없었다. 감히 운현과 함께 상황을 주도하기에는 힘이 없었다. 또한 운현의 위기에 아무런 도움이 되지 못했다.

그 모든 일들이 일행에게 위기감을 주었다.

당장 무림에 나서면 한 몫을 충분히 하고도 남을 경지인데도, 무기력감을 주었다. 힘들 수밖에 없었다.

그렇다고 가만 있을 수는 없지 않은가.

운현이 특출 나기에 밀리기는 해도 이들 모두 어디 내놔도 빠지지 않는 기재다.

그들이 움직였다. 독기를 품었다. 없던 악바리 정신을 배웠다.

'다음은…….'

어떻게든 도움이 되겠다는 일념으로. 더 밀리지 않겠다는 일념으로 움직였다.

그 싹이 발아해 가고 있었다.

"더 갑니다!"

"옙!"

일행의 재능으로 말미암아 더욱 크게!

* * *

모든 걸 흡수해 가고 있을 때. 다만 시간은 무한하지 않기에 아주 빠르게 모든 걸 배워가고 있을 때.

송상후가 찾아왔다. 운현이 기별을 넣은 것을 들어 찾아

온 것이 분명했다.

"이제 다음은 어쩌시려고 하십니까?"

"흐음…… 슬슬 다음으로 가야 하지 않겠습니까."

"그렇지요. 계획된 바대로 움직이시는 것이로군요."

"그 외에 다른 것은 생각이 들지 않으니. 어쩔 수 없겠지요. 또한 당장은 아군이랄 수 있는 자부터 정비해야 하지 않겠습니까."

"하기는 내부의 적보다 무서운 것은 없지요. 알겠습니다. 준비를 해 두지요."

떠나겠다는 운현을 송상후는 잡지 않았다.

대신 운현을 도왔다. 황궁에 똬리를 튼 지 꽤 됐다고 하더라도, 운현이 황궁의 사정에 완전히 익숙한 것은 아니지 않은가.

그런 운현을 대신해서 채비를 갖춰주기 시작했다.

이번 일의 공으로 말미암아, 또 한 번 품계가 오른 송상후가 할 일은 아니었으나 그는 기꺼이 맡아줬다.

"약을 만드실 수 있으나 어느 정도는 미리 준비된 것이 좋겠지요. 이것은 금창약이고. 또 이것은……."

동창 무인으로서 황궁보다는 바깥에 떠돌았던 경험이 많던 송상후이지 않은가.

금방 준비를 해 온 그는 생각 이상으로 꼼꼼했다.

"이렇게까지……."

"허허. 이 정도도 약과지요. 더 했어야 했는데 아쉬울 뿐입니다."

운현으로서 놀랄 정도였지만, 그는 진심으로 부족하다고 생각하는 듯했다.

어쨌거나 그렇게 채비가 다 마무리가 될 무렵.

"……찾으시네."

그가 또 찾아왔다.

* * *

영철이었다.

황궁에 와서도 황녀의 곁을 떠나는 법이 없는 그가 찾아왔다. 용무는 뻔하지 않은가. 황녀가 찾았다.

"전하를 뵙사옵니다."

"왔구나."

황녀는 하나가 아니었다. 둘이었다.

이번 일로 한 건을 올린 그녀의 언니와 함께였다.

북경 수비대를 데려온 이후로 대외 활동을 시작하더니, 현재는 자신의 거처가 아닌 다른 곳들도 함께 움직이곤 하는 그녀였다.

특히 황녀 주아민을 자주 찾았다. 평소 주아민이 자주 그녀의 언니를 찾았으니 자연스러운 일이었다.

찾아올 때면 항상 아침부터 저녁 나절까지 있던 그녀였으나, 이번만큼은.

"오늘은 이곳이 내가 있을 곳이 아니로구나."

"무슨 소리인지요. 같이 있으셔도……."

"아니다. 후후. 가 보마."

알 수 없는 말을 남기고서는 자신의 동생인 주아민을 두고서는 그녀의 거처를 바로 떠나갔다.

때는 정오. 꽤 이른 시간인데도 그러했다.

운현으로서는 자신을 부르고서는 자매가 자신들의 할 말만을 하니 어찌 끼어들기 힘들 상황.

자칫 복잡해질 수 있는 상황이었으나 그녀가 금방 떠남으로써 상황은 정리가 됐다.

황녀 주아민은 잠시 멍하니 있다가, 이내 마음을 정리한 듯 다시 본래의 모습으로 돌아왔다.

"떠난다고 들었다. 그래서 찾았느니라."

"꽤 오래 머무른 듯합니다. 거기에 다른 일도 있으니 떠나려 하옵니다."

"그래. 이해하고 있느니라."

말로는 이해하고 있다 하는데, 표정에는 섭섭함이 가득했다.

평소 운현을 자주 찾는 것도 아니면서도 어찌 섭섭한 표정을 짓는 것인지. 운현으로서는 이해하기가 힘든 노릇!

운현의 아무것도 모르겠다는 표정을 황녀가 한참 바라보다 한숨을 푸욱 내쉰다.

"휴우. 말은 늘었어도 그대는 여전하구나."

"무슨 말인지 전혀 모르겠습니다."

"아니다. 내가 아는 자네는 본래 그러한 사람이니, 내가 이해해야겠지. 언제 떠날 예정인가?"

"채비가 다 되었으니…… 슬슬 상의를 하고 떠날 참입니다."

"빠르구나."

"황녀 전하 덕분입니다. 이곳이 아니고도 다른 곳의 준비도 순조롭다 들었습니다."

황궁에 머무르며 자신의 발전에만 힘을 쏟은 운현이 아니었다.

황궁의 도움 덕분에 머물러 있으면서도, 대외적인 많은 일들을 처리하는 데 성공한 운현이었다. 그걸 말함이다.

"그대가 해준 것을 생각하면 당연히 해야 할 일이었느니라."

"감읍할 따름입니다."

그 뒤로도 한참. 황녀는 운현을 잡아뒀다.

무언가 말할 것이 있음에도 말하지 못하는 듯, 때로 입술을 깨물기도 하면서 그날은 꽤 오래도 그를 잡아뒀다.

마지막 말.

"……몸 조리 잘하거라. 그대에게 많은 것이 달려 있으니."

그 말에는 왠지 모를 아쉬움과 서글픔이 분명 담겨 있었다.

"예."

그렇게 운현은 얼마 지나지 않아 떠날 모든 채비를 갖췄다.

*　　*　　*

며칠 뒤.

송상후가 몸소 챙겨준 짐을 챙기고서 황궁을 나서는 데 성공한 일행이었다.

황후를 포함하여 여럿이 그들이 나서는 길을 챙기려 하였으나,

"조용히 처리함이 차라리 나을 듯합니다."

화려함보다는 조용히 일을 처리하는 걸 선호하는 운현을

황녀가 배려해 줬다.

덕분에 운현과 일행으로서는 자칫 북경 사람들의 시선을 한 몸에 받는 채로 황궁을 나올 뻔한 상황을 벗어날 수 있었다.

몇몇 인사만이 아주 조용히 운현을 바래다주었을 뿐이었다.

'좋군.'

다른 이라면 짐짓 섭섭할 수도 있는 상황이었으나 운현은 되레 편함을 느꼈다.

거창한 송별식보다는 조용히 빠져나오는 게 나았다.

"화아……."

"저희가 황궁 체질은 아닌 듯합니다."

"하핫. 그건 맞는 거 같습니다."

변한 것이라고는 황궁의 안이냐 바깥이냐는 단 하나. 그 차이에도 운현과 일행은 모두 묘한 해방감을 느꼈다.

안은 역시 체질에 맞지 않았다.

떠받들어지기보다는, 하늘을 천장 삼아 움직이는 게 나았다. 몸은 고되어도 그게 마음은 편했다.

다른 이들은 들어가지 못해서 안달인 곳이 황궁인데, 이들에게는 불편한 곳만 되었을 따름이다.

그래도 일이 잘 처리되어서 다행이다.

'아군을 얻었지.'

그 누구보다 든든하다 할 수 있는 아군을 얻어서 다행이다. 북경 내에서 암화가 설치지 않으면 적어도 뒤는 든든했다.

앞에 있는 적보다도 무서운 것이 내부에 있는 숨은 적이니. 한결 든든하다고 할 수 있는 상황이다.

그리고 그 든든함을 이제는 더욱 키워야 했다.

"가지요."

"다음은 역시 그곳입니까?"

"예. 무림맹인 겁니다."

또 다른 내부의 적을 치기 위해서 운현이 움직이기 시작했다.

다음 목표를 향해서다.

第四章
대의(大意)!

대의가 무엇인지 다들 알까. 새로운 신천지가 열린다고 하지만, 그걸 진심으로 믿는 자는 몇이나 될까.

도통. 그는 되레 그 대의라 하는 걸 그 누구보다 믿지 않았다. 단지 이용할 뿐이었다.

그가 가진 사연. 달리 말하면 원한. 그것을 풀기 위해서 지금까지 움직였을 따름이었다.

암화와 뜻이 같아서가 아니라, 암화의 뜻이 그의 한을 푸는 데 가장 잘 어울리는 방식이기에 따랐을 뿐이었다.

새로운 세상이라니.

모두 다 뒤엎겠다는 소리이지 않겠는가?

그거야말로 세상에 환멸을 느끼고, 많은 자들을 죽여야 하는 그에게 딱 맞는 새로운 세상이었다.

삐뚤어질 대로 삐뚤어진 그에게는 그 비틀린 새로운 세상이 딱 좋았다. 미친놈 소리를 들을지라도.

문제는.

"저기다!"

"신호를 보내!"

그가 일을 벌인 뒤에 다가오는 적이었다.

황귀비를 제물 삼아서 시간을 벌었건만.

'멍청한 년…….'

황귀비는 생각보다 시간을 벌어주지 못했다.

유람이나 가라 말했더니, 진심으로 유람을 나갈 줄 누가 알았으랴.

자기 살기 위해서라도 끊임없이 황궁 돌아가는 상황을 살펴봐야 하는 게 당연한데, 너무도 쉽게 잡혀버렸다.

그녀가 잡히고 나니 바로 다음 목표는 그가 됐다.

그래도 다행이라면.

'아직 있다.'

그의 품에 있는 신석이라는 물건. 암화에게 거래를 하기에 딱 좋은 그 물건이 아직 자신의 품에 있다는 거였다.

자신은 이것이 어디에 쓰이는지 몰라도, 분명 이것은 암화의 목적에 딱 부합하는 물건이라 들었다.

'정체가 뭘까.'

암화의 수장의 정체. 이 물건의 정체.

그리고 굳이 황궁에 피를 흘리면서까지 신석을 구하려고 한 이유.

그 무엇 하나 속 시원히 아는 건 그로서도 별로 없었다. 그만큼 암화의 방식은 비밀스러웠다.

십수 년도 넘는 시간을 그런 은밀함으로 중원에서 일을 벌여 왔다.

'근래는 아닌 듯하지만…….'

우스운 건 그런 암화의 움직임도 조금씩 꼬리가 잡히고 있다는 거였다.

자신이 도통에 오를 수 있도록 힘을 실어줄 때까지만 하더라도 그 누구보다 은밀했던 그들이 아니었던가.

헌데 근래에는 이미 여러 곳에서 꼬리를 잡힌 것으로도 모자라 그 꼬리가 끊어지고 있었다.

'신의…….'

정말 신(神)이라는 이름이 붙기에 딱 걸맞는 녀석일지도 몰랐다.

그 신의라는 자가 출현하고부터 암화의 꼬리가 계속해서 끊어지고 있었다. 분명 지역에서 난 작은 인물인 줄 알았는데 언제부턴가 암화의 숙적이 다 됐다.

'안 좋은 상황이야.'

그가 없었더라면 더 쉽게 일을 벌였을지도 몰랐다.

지금만 해도 보라.

분명 신석을 얻는 김에 추적을 염려하여 동창의 무사들을 치도록 명령을 했었다.

그런데 그 또한 실패한 듯하다.

신의가 직접 손을 쓴 건 아니었다. 그가 데려왔다는 자들. 오대세가의 자제들인 자들이 힘을 썼다 들었다. 그의 형과 함께.

그 결과로 동창 무사들에 큰 타격을 주지 못했다.

타격을 주지 못해 살아남은 동창 무사들은,

"후우. 후……."

그를 밤낮으로 추격하고 있었다.

자신들 같은 동창의 동료들의 원한을 갚기 위해서인지, 그들 개인적으로 공을 탐해서인지는 모른다.

'얄궂군.'

얼마 전까지만 하더라도 그들을 이끌던 것은 도통 자신이지 않은가.

지금 쫓아오는 무사들 중에서는 그의 명령을 받아 움직이던 자들도 분명 있다.

그런 자들이 다른 이들보다 더 열심히 달려오고 있다. 그 어느 때보다도 치열하게, 목숨을 건 듯 추격을 한다.

'살고자 하는 건가.'

그를 잡고서, 공을 얻어 살려고 하는 것일지도 몰랐다.

어쨌거나 한때 한솥밥을 먹었던 사이이지 않은가. 그가 도통이 되기 이전 같은 동창이었으니, 그게 못내 신경이 쓰여서 그럴지도 몰랐다.

어느 쪽이든 간에.

"다 왔다! 저기 보인다!"

저들의 추격은 너무도 거셌다. 달려도 달려도 쫓아오고 있었다.

그가 믿었던 수하들. 암화와 함께 일을 벌이면서도, 같이 하던 자들 전부가 목숨을 걸고 막아줬는데도 여전히 쫓아온다.

아군일 때는 그 누구보다도 믿음직하다가도, 적일 때면 그 누구보다 끈질기다는 동창의 무사들다웠다.

계산보다도 더욱 지독했다.

'후…….'

입이 썼다. 신석은 챙기는 데 성공했지만, 그 외에는 아무것도 남지 않았다. 그러니 살아남아야 했다. 어떻게든 버텨야 했다.

그 일념으로 계속해서 달린 도통이다. 아니 신철의다. 그의 진짜 이름을 이제 곧 찾을 때가 왔다.

바로 지금!

"……왔다!"

그르르릉.

그가 오기를 기다렸다는 듯, 여태껏 모습을 드러내지 않던 암굴이 갑작스레 모습을 드러낸다.

불쑥 제 모습을 드러낸 그것은, 사막 속에서 신기루가 사라지고, 오아시스가 갑자기 모습을 드러내는 듯하다.

운현에게는 그 무엇보다 지긋지긋하겠지만, 신철의 그가 가장 기다렸던 암굴이다.

암화로서는 십수 년도 더 그들을 지켜주었던 암굴이기도 했다.

"후욱……."

마지막 숨을 들이켜면서 그의 몸이 안으로 쏘아져 들어갔다.

* * *

"후우……."

거친 숨이 비어져 나왔다. 무릎은 반쯤 구부러졌다. 몇날 며칠을 달렸는지를 모른다.

해가 뜨면 낮이겠거니, 해가 지면 밤이겠거니 하며 달렸다. 중간에 길을 잃지 않은 것만 하더라도 기적이었다.

'살아서 도착하겠다.'

어떻게든 해낼 것이다. 목적을 달성해 낸다. 그 황제에게 복수를 할 수만 있다면 된다. 그 일념으로 여기까지 달려온 그였다.

'해냈다.'

그 목적에 거의 다다랐다.

그들의 말대로라면 신석은 그들에게 있어서는 그 무엇보다 귀한 귀물이다.

다른 이들에게는 묘한 힘을 가진 것이라지만 이들은 그걸 사용하는 방안이 있다 들었다.

특히 그의 품에 있는 건 가장 중요한 조각이라 말했다.

어쩌다 황궁 보고에 들어가서 애를 태웠다던가.

'이거라면…….'

거래 조건으로 좋았다. 다른 것보다 더 귀한 조건으로 쓸 수 있을 거라 생각했다.

해냈다는 생각에 성취감이 가슴 가득 찬다.

그래서일까. 긴장이 풀어졌을지도 모른다.

"왔는가. 물건은."

"가져왔다."

상대가 오자마자 밝은 웃음을 짓는 신철의였다.

어지간하면 웃는 법이 없는 그로서도 가장 진실 된 미소라 할 수 있었다.

다만 상대는 여전히 진지했다. 신철의의 진의를 판별하는 듯했다.

"그래? 어디에 있는가? 어디 놓고 오기라도 했는가?"

"아니. 아니다. 바로 거래를 하자."

"품에 있다는 것이로군."

"그래."

뭔가 이상함을 느낀 것은 바로 눈앞에 있는 자의 미소가 짙어질 때였다.

"넌 대체 누구냐!"

신철의는 눈앞의 사내가 평소 자신이 알던 자와 다르다는 걸 그제서야 눈치챘다.

여태까지 거래했던 자와 비슷하나 달랐다.

지금껏 알던 자는 저자보다 풍채가 조금 더 작았다. 나이를 저자보다 몇 년은 더 먹었었다.

저런 모습이 아니었다.

전에 거래를 하던 자가 몇 년은 더 젊어지면 저자와 비슷한 모습이 될 수도 있을지 모르겠다. 하지만 그건 불가능한 일이다.

'……뭔가 틀어졌다.'

암화의 도움이 있었다지만 도통의 자리에까지 올랐던 그다. 무려 종일품이다. 중원 천지에서 난다 긴다 하는 사람들을 다 이기고서 올라간 자리다.

그런 그의 감은 무언가 특별한 것이 있었다.

"……."

조금씩. 조금씩 뒤로 내빼기 시작하는 신철의였다.

하지만 이곳은 상대의 영역이다. 암굴의 안이었다. 신철의는 터억하고 등이 막힌 것을 느꼈다. 오도 가도 못 하는 상황이다.

갈 곳은 없다. 바깥으로 나간다고 하더라도 동창이 눈에 불을 켜고 찾고 있을 거다.

"하……."

숨찬 소리가 아니라 옅은 한숨소리가 비어져 나온다. 이런 식으로 자신이 당할 거라곤 상상도 못했던 게 분명하다.

상대가 신철의 그를 향해서 악귀 같은 웃음을 지으며 그가 다가온다.

"……괴물인가."

신철의의 건너편에 있는 자는 역용술이 깨어지듯이, 얼굴에 기묘한 움직임이 잡혔다.

움푹 패다가도, 불룩 튀어나오고. 본래의 모습으로 돌아갔다가, 준수한 얼굴이 되곤 하는 그 모습은 누가 봐도 정상이 아니었다.

어설픈 역용술을 펼쳤을 때의 부작용과 비슷했다.

동창에서 움직였던 신철의로서는 이런 경우를 자주 봤다.

'다른 게 있다.'

하지만 그때의 부작용과는 미묘하게 달랐다. 하기는 그게 중요한 게 아니었다.

"처음부터 살려줄 생각은 없었군? 그 대의를 따라도 이렇게 되는 건가?"

"키킥. 대의를 따를 생각은 그대야말로 없지 않았던가?"

"……알고 있었나."

"서로가 서로를 이용할 뿐. 자네는 자네의 복수를. 나는 나의 대의를 위해서 움직여왔을 따름이지."

"합이 맞았다는 거군."

"그런 게지."

사내는 성큼성큼 신철의에게 다가오기를 멈추지 않았다. 계속 걸음을 옮겨 둘의 거리가 거의 영에 도달한다.

딱 붙었다.

"그래도 가는 길 허망하지는 않을 걸세. 자네가 원하던 복수는 자연스레 이뤄질 것이니……."

"……큿."

푸욱하고 가슴에 사내의 손이 박혔다.

신철의는 피할 수 있으나 피하지 않았다. 여기서 더 피해 보아야 제 꼴만 추해짐을 그는 충분히 알았다.

해낼 수 있다는 희망. 그들이 말하는 대의가 아니어도, 자신의 복수를 자신의 손으로 이룰 수 있다는 그 희망.

그런 삿된 희망이라도 있었더라면, 사내의 손을 막았을지도 몰랐다.

허나 이미 늦었다.

"……그 말…… 믿어 보지."

"킥. 분명 그리될 게야. 분명."

마지막 숨을 푹하고 내쉬며, 신철의의 숨이 잦아 들어갔다. 죽음이다. 완벽한 죽음.

"하."

한 사람의 숨을 멎게 하고서도 사내는 한참을 킥킥대며 웃어댔다. 그러다가 어느 순간 다른 사람이라도 된 듯 웃음이 뚝 멈췄다.

"……암사."

그의 부름에.

"예."

지금까지 모습을 드러내지 않던 사람의 형상이 갑작스레

드러났다. 완벽한 은신술이었다.

"다음을 준비하게나. 대계의 실현이 머지않았으나, 시간은 필요하니……."

"조치토록 하겠습니다."

처음 모습을 드러냈던 그때처럼. 암사라는 자의 형상이 점차 사라져간다.

"얼마 남지 않았다."

남은 사내의 눈만이 어두운 가운데 밝게 빛날 뿐이었다. 희망보다는 광기로.

*　　*　　*

섬서.

성도(省都)는 시안(西安). 황하의 중류에 있는 그곳은 본래부터 중심지가 되곤 했다.

주(周), 진(秦), 한(漢)으로부터 수(隋), 당(唐)에 걸쳐 역대 국도(國都)로서 자리 잡고 있을 정도였다.

본디부터 풍요로운 곳이었고, 앞으로도 풍요로울 곳이 이곳이었다.

그 풍요로움이 낳은 문파만 두 곳. 화산파와 종남파다.

둘 모두 검파이며, 한쪽이 도가의 무공을 완전히 이어받았다면 다른 한쪽은 속가의 성격을 지닌 것이 특징인 곳이었다.

서로 다른 두 문파가 같이 성세를 이룰 수 있을 만큼 섬서는 번창한 곳이었다.

그도 모자라. 호북, 하남, 사천, 산서, 감숙. 그 어느 정파 영역에도 가까이 맞닿아 있는 덕분에 이곳에.

"화아……."

"여긴 정말 다른 의미로 크구려."

"처음 오신 겁니까?"

"아무래도 자주 올 곳은 아니지 않소."

정파의 중심인 무림맹이 자리 잡을 수 있을 수밖에 없었다.

높이 치솟은 전각들에 운현을 포함한 모든 일행의 고개가 땅으로 내려오지 않기를 한참.

"허허. 이곳에 있었는가. 어서 들르지를 않고?"

익숙한 목소리가 들려왔다.

"무적자 어르신!"

무적자. 소림과 암화의 격전의 중심에 있는 그가 먼저 일행을 기다리고 있었다.

*　　*　　*

암화의 세력을 일부 걷어내는 데 성공해서일까.

무적자의 얼굴은 전에 비해 환히 펴 있었다. 누가 봐도 한 시름을 놓은 느낌이었다.

하기는 자신들의 소림이 있는 하남에 암화가 있었다. 본진에 적이 똬리를 틀고 있는 셈이었다.

그런 자들을 물리치는 데 성공했다.

역병으로 큰 피해가 나기는 했으나, 최악은 운현이 와서 막아주었다.

자신들이 가진 모든 것을 잃을지도 모르는 상황이었다.

그 상황에 되레 적에게 역공을 가하는 데 성공을 했으니 그의 얼굴이 편 것도 무리는 아니다.

"어떻게 오셨습니까?"

"허허. 방장의 명이지. 달리 누구의 명 때문에 왔겠는가?"

"그야 그렇겠군요."

"요즘은…… 자네들 개인 호위라도 된 게 아닌가 싶을 정도네. 쯧. 한 건 끝나자마자 바로 무림맹 행이라니. 좋지가 않아. 좋지가……."

암화와의 격전이 아니더라도, 본래부터 바깥으로 다니길 즐겨하는 성격의 무적자였다. 그러나 그에게도 잠시 쉬어가는 것은 필요했다.

잠시의 휴식이 주어지나 싶었는데, 바로 운현을 도와야 할 판이니 농담 반 진담 반으로 불만을 표하는 무적자였다.

그래도 어쩌랴.

"하하. 그럼 앞으로 잘 부탁드리겠습니다."

"자네, 넉살하고는!"

"느는 게 그것뿐이덥니다. 신의님의 경지라도 따라잡지 못하니, 넉살이라도 이겨야 하지 않겠습니까?"

달래듯 다가오는 당기재의 넉살에 못 이겨 불만을 접을 뿐이었다.

"허허. 어서 들어가기나 하지."

*　　*　　*

무적자의 도움 덕에 무림맹으로의 입성은 손쉬웠다.

'너무 쉬운데…….'

여느 상황이라면, 누구 하나 시비라도 걸 법하지만, 역시 무적자와 함께여서인지 감히 시비를 거는 자도 없었다.

그저 흘끗흘끗 무적자와 함께 있는 일행들을 바라보며 선망 어린 눈빛을 보내는 자가 생각보다 많았을 뿐이다.

무림에 온갖 공을 세웠다고 하더라도, 중원 곳곳을 쏘다니며 움직인 건 아닌 운현이지 않은가.

명성에 비해서 얼굴이 알려지지는 않은 그였다.

그런데도 그에게 선망 어린 눈빛을 보낸 것은.

'무적자 어르신과 함께여서겠지.'

운현의 예상대로 무림에서도 알아주는 소림의 무적자와 함께여서인 게 분명하다.

운현의 앞에서야 허허거리며 허허실실(虛虛實實)의 표본과 같은 무적자지만, 그 안은 꽉 찬 사람이지 않은가.

어지간히 무림을 겪은 자로서는 무림이 좁다 하고 움직이고 있는 무적자의 무위를 어느 정도 짐작들 할 게 분명하다.

그런 그와 함께이니, 운현을 몰라도 시선이 가는 건 어쩔 수 없었을 거다.

덕분인지.

"이거 너무 화려한 것 아닙니까? 으음……."

"본디 고위 인사들을 접객할 때나 사용하는 곳이네. 무림인보다는 가끔 무림맹에 오는 고위 인사들 용도이지."

접객원. 그곳에서도 최상의 자리에 일행이 안내를 받았다. 다들 그 화려함에 취하고 있을 때.

"……의도가 뻔하군요."

제갈소화는 다른 것을 말했다.

"허허. 눈치챘는가?"

"예. 신의님을 무림인이라기보다는…… 관의 사람으로 대우하려는 듯하군요. 그게 아니더라도……."

"거리를 두려 함이겠지."

"흐음……."

"정확하네."

제갈소화의 말대로였다.

아까부터 이상하기는 했다. 본래부터 그들은 무림인. 그것도 오대세가 혹은 구파일방에 소속된 일행이었다.

운현이 아무리 자신은 무림인이 아니라 말하지만, 어쨌거나 무인으로서 분류가 되는 게 본질이다.

그런데도 고관대작이나 안내를 받을 법한 접객원에 거처를 내줬다.

무적자를 제외하고서는, 무인으로서 대우를 하자고 다가오는 자도 없었다.

마치 무림인이 관아의 사람을 소 닭 보듯 하듯이 멀거니 떨어져서 바라만 볼 뿐이었다.

선망의 눈빛을 보내는 자들이 있으나, 그들은 무림맹의 하급 무사라고 할 수 있는 자들뿐.

직급을 가진 자들 중에서는 선망 어린 눈빛을 가진 자를 보기 힘들었다.

아주 작은 것에서부터 운현과 일행을 배척하고 있었다.

'텃세로군. 쓸데없는 짓.'

일행 중 다수가 오대세가에 속해 있으니 그들이 자주 들르는 접객원의 내원을 내줘도 좋았을 거다.

아니면 명학이 있으니 무당의 사람이 무림맹에 오면 내어주곤 하는 접객원을 내어줘도 좋았을 거고.

그런데 화려하기만 하지만, 속은 빈 강정이나 다름없는 이곳에 안내를 해 주었으니.

"생각보다 일이 쉽지 않을 수도 있겠습니다."

"그럴지도 모르네."

앞으로의 고난이 익히 예상이 되는 바였다.

"암화가 얼마나 내부에 있을지도 모르는 상황인데…… 텃세도 있는 상황이니. 허허. 이 노인네가 힘이 없어 미안하이."

"아닙니다."

무적자야 미안한 듯 말하고는 있지만 그의 속내도 훤히 보였다.

'완벽하게 능력을 보이라는 거겠지. 더불어서 정리도 하고.'

그의 속내야 뻔했다. 운현과 일행을 이용해서 무림맹의 내부를 확실하게 단속하려는 거다.

텃세를 부리는 자들을 보면서 제대로 된 자들을 찾고, 더불어 운현이 움직이면서 나오는 암화의 움직임을 잡아내려고 하는 것이 훤히 보였다.

무적자의 입장에서는 내부도 단속하고 암화도 찾아내는 일석이조의 수를 쓰려는 게다. 단지 운현의 입장에서는.

'입이 쓰군…….'

같이 동맹을 맺고 협력하기로 한 소림이 전폭적인 도움을 주지는 않는 것 같아 약간은 씁쓸할 뿐이었다.

그래도 소림이 이제 와서 다른 수를 더 사용하지는 않을 터.

생각보다 협조적이지만은 않지만 그건 그거대로 나쁘지 않았다. 애당초 소림이 만들어 준 판에서 움직인다면 그건 그거대로 단점도 많았을 거다.

'그래도 재미는 있겠어. 생각을 해 볼까.'

상황이 안 되면 상황을 만들면 되었다. 그리고 그 상황을 만들기 위해.

"이야기나 조금 청해도 되겠습니까?"

"얼마든지 환영하네!"

"먼저……."

자신이 가진 패부터 챙겨보기 시작하는 운현이었다.

第五章
다사다난(多事多難)

현 정파 무림의 평화는 길었다.

사파와의 대립이야 항상 있는 일인 터. 크고 작은 대립은 있을지언정, 전 정파가 나서야만 하는 그런 일들은 생기지 않았다.

개인 대 개인. 문파 대 문파의 격한 대립들 정도가 생겼을 뿐이다.

'쌓여가고는 있지…….'

물론 화약고 같기는 하다.

무려 오대세가 중 하나인 남궁가만 하더라도, 자신들의 은원을 갚겠다고 사파의 영역에 쳐들어 간 일이 있지 않은가.

거기에는 운현도 함께였다.

그런 크고 작은 대립이 쌓이기는 쌓였으니, 언제 터져도 이상하지는 않긴 했다.

다만 지금까지의 평화가 길었을 따름이다.

"겉만 있는 평화긴 하네만. 암화는 자신들의 존재를 모르는 자들은 건드리지를 않았으니……."

"그것만이겠습니까?"

"흐음……."

"어느 정돈 아시지 않습니까?"

"……일정 부분 예상은 하고 있네. 지금까지야 암화부터가 먼저기에 건드리지를 못했으나 이제는 어느 정도 몰아내는 데 성공했으니. 더 파고 들어가야겠지."

무적자는 운현의 말을 잘 알아들었다.

겉으로의 평화. 그 안에서 활약하는 암화.

하지만 이 암화의 존재를 진정 무림의 모든 이들이 몰랐을까.

아직까지 평화에 물들지 않은 존재들. 소위 말하는 정파의 기치를 지키는 자들은 분명 많다.

'운이 좋은 건지, 나쁜 건지는 모르겠다만…….'

적어도 운현이 인연이 닿은 곳들은 당장은 우군이라 할

수 있었다.

소림, 무당, 당가, 남궁, 제갈. 그들과 인연이 닿은 몇몇 자들. 의외로 같이 하게 된 하오문의 일부.

그들 모두는 당장은 암화에 완전히 물들지 않았다 할 수 있었다.

허나 어디에나 있는 자들이 암화에 속한 자들이지 않은가.

완전히 안심만을 할 수는 없었다.

게다가 그가 인연이 닿은 문파들을 제외한 다른 문파의 문인들도 언제나 의심의 대상이다.

같은 정파라는 이들. 어쩌면 아군이랄 수 있는 자들을 의심하는 것도 좋은 일은 아니나 어쩔 수 없음이다.

무적자도 그걸 잘 알았다.

"첩자들을 찾아낼 만큼 찾아냈다고 보네만…… 자네들 같은 신통방통한 재주는 솔직히 없네."

"많은 첩자들이 아직 활약할 수 있다 보시는군요."

"그렇지."

"거기다 그들이 어느 선까지 닿았을지는 솔직히 알 수 없네……."

지금까지 당한 게 있으니 마냥 믿고만 있을 수도 없다.

그런 상황에서 평화가 오래되니.

"……나눠졌네."

계열이 나눠져 버렸다. 같은 정파지만 마교와 대전을 벌일 때처럼, 사파를 몰아낸다 할 때처럼 뭉쳐 있지 않았다.

"일단은 나뉜 바는 둘이네. 계파고 뭐고 붙어먹지 않고 중립을 택한 자들도 분명 있으니 셋이라 봐야 할지도 모르네만……."

"어떻게 됩니까?"

"그야…… 자네들도 잘 알기야 하겠네만……."

정파인은 정파인답게.

소림을 중심으로 뭉쳐 있는 자들은 다수가 중립에 가깝다 했다. 이득을 딱히 탐하는 것도 없으며, 그들의 영역을 지켜 가는 자들이 다수란다.

막상 잘 살펴보면 소림이야 암화와의 대전으로 무림맹 내에 신경 쓸 틈이 없었을 뿐이지만.

'그래도 다행이라 해야 하나.'

단순히 무림맹에 똬리를 틀고 만족하는 자들은 차라리 나았다.

문제는 나머지들.

"화산은 이참에 자신들이 검파로서의 기치를 세운다고 하며 나서고 있지……."

화산파. 이곳 무림맹에 똬리를 튼 자들.

무림맹을 떠나 무림 전체에서 검수들의 수는 상당하지 않은가. 온갖 기형병기를 쓰는 자들도 있다지만 그들의 다수는 사파에 속해 있는 터다.

'기치는 무슨…….'

그런 검수들을 이끌어 무얼 하려고 하는 것인지는 대충이나마 그림이 그려졌다.

"이권개입이로군요?"

"노골적인 표현이네만, 아니라고 할 수도 없군."

"여기서 돌려 말하는 것도 우스운 일이지요."

"허허. 그건 그렇긴 하네."

검파의 기치를 세운다는 명분은 참 그럴싸하지 않은가.

그리고 기치를 세우기 위해서 자신들의 영역을 늘리는 것은 생각보다 쉬운 일이다.

검파를 늘리겠다고 하며 자신들의 속가제자를 늘리고, 그들이 만들 중소문파들을 지원하는 것으로 꽤 그럴싸하게 이권을 늘릴 수 있게 된다.

문파 하나를 세우게 되고, 그 문파에 딸려 들어가는 여러 전답과 상가들을 챙긴다 이 말이다.

말이 좋아 기부지, 적당히 압력을 넣어서 그 지역 표국 같은 곳에서도 꽤 많은 돈을 뜯어내고 있을 거다.

말은 검파를 위함이지만 실제로는 자신들의 영역을 야금

야금 늘리는 방식이다.

'욕심인가.'

평화가 길었으니, 배가 불렀을 터.

그런데도 영역을 변칙적인 방식으로 늘린다고 함은 욕심이며 탐욕이라고 할 수밖에 없다.

"그럼 반대파는 무엇입니까?"

"……형산파. 속가답게 그들은 꽤 실리적일세. 명분도 재밌지."

"뭡니까?"

"허허…… 이게 참 말하기 재밌네만은……."

중소문파를 살리자고 말한단다.

오대세가, 구파일방에 비해서 중소문파의 경우 문파를 꾸리는 것만으로도 벅찬 자들이 다수다.

지역에서 뿌리가 깊은 자들이야 다행이지만 겨우 겨우 그 성세를 유지하는 자들도 많다.

"그들을 위한다고 나섰네만은……."

형산파.

구파일방에 속해 있으면서도 때때로 다른 문파에 밀리기도 하는 그곳에서 나섰더랬다.

"……많은 정파 문파들이 부도덕하다고 하더군."

"꽤 세게 나왔군요."

"그렇지. 하지만 완전히 틀린 말도 아니지 않은가."

무적자. 그는 소림의 출신이지만 암화와의 격전으로 소림보다는 그 바깥을 떠돈 날이 많은 자였다.

그런 자답게 세상을 볼 줄 알았다. 유연했다.

융통성 없이가 아니라, 세상 돌아가는 꼴을 안다 이 말이다.

많은 거대 문파의 인물들이 무공은 강할지언정 세상 물정에 잘 모르는 걸 감안하면 그는 꽤 나은 자였다.

그렇기에 설명도 단순했다.

"중소 문파들도 키워야 한다. 그러니 그들에게 지원을 하자. 그 지원을 위한 방안은……."

"……결국 화산파와 다르지 않겠지요?"

"그런 걸세."

"결국 이권 싸움이로군요."

"허허. 정파인도 결국은 사람이지 않은가."

그들이라고 하더라도 먹고 자는 것을 안 할 수는 없다. 거기다 수련을 위한 돈은 어마어마하게 들어간다.

먹고 입고 하는 것도 모자라 그들이 쓰는 철로 만들어진 검은 조금만 제대로 된 것이라고 하더라도 어지간한 양민들은 손도 못 댈 만큼의 돈이 필요하다.

그렇다고 무인들이 농사를 짓는 것도 아니다.

문파에 들어오는 지원금. 인연이 닿아 들어가는 약간의 기부금 정도가 수익이다.

본래부터 전답을 가지고 있는 곳이야 모르겠지만, 어디 모든 문파가 그러하랴. 힘든 일이다.

중소문파는 더 힘들다.

소림이나 화산 같은 거대한 문파야 무공 한 글귀 배우겠답시고, 돈을 싸들고 찾아오는 자들이 다수다.

거기다 구파일방의 경우는 나라로부터 인정받는 전답의 크기도 꽤 된다.

그곳에서 오고가는 돈은 상상을 초월할 정도. 영약, 좀 더 좋은 수련을 위한 장비들, 지원. 그런 것들이 전부 여기서 나온다.

"허허. 우리가 세상이, 아니 속세가 악에 물들었다고 세상 좋게 읊을 수 있는 것도 모두 이들 덕분이지."

"이번만은 무적자 어르신이 더 노골적으로 표현하시는군요?"

"허허. 그런가. 하지만 사실인 것을 어쩌겠는가. 오고가며 많은 것을 보았지."

거대문파야 유유자적 수련에만 몰두할 수 있는 환경에 있다지만, 본래로 돌아가 중소문파는?

그것이 안 된다.

겨우겨우 규모를 유지하는 곳도 힘들 정도다. 새로 세를 불리려고 해도 그조차도 다 돈이다. 그것도 어마어마한 돈이 들어간다.

그러니 결국 겨우겨우 대를 이어가는 문파가 많다.

형산파가 그들을 돕겠다고 나섰단다.

"자신들이 힘을 좀 쓰는 것이지."

겨우 세를 이어가는 중소문파. 형산파 그들을 따르는 자들. 그들을 위해 힘을 쓰는 거다.

세가 약하다고 하더라도 형산파도 구파일방의 문파 중 하나이지 않은가.

그들이 가서 주변 중소 표국이나, 상가들을 압박하여 주는 거다. 그들을 따르는 중소문파를 대신해서다.

그 상인들이야 선택권은 하나뿐이지 않은가.

따를 수밖에 없게 된다. 감히 반항을 하기에는 형산파의 권위가 그들에게는 너무 컸다.

그들로부터 받아내는 약간의 돈.

구파일방에게 있어서는 신경도 쓰이지 않을 티끌만 한 돈이겠지만.

"중소문파에게 어디 그러겠는가. 형세를 키우고도 남을 돈이지."

"그렇겠지요. 이해가 갑니다."

"하기는 자네도 비슷한 과정을 겪었겠군."

"그렇지요."

형산파를 따르는 중소문파에게는 그들에게 있어 세상 무엇보다 귀한 돈이 되었을 게다.

"거기까지면 좋았을 것인데……."

여기까지면 분명 좋았겠지만.

"결국 그들도 사람이지 않은가."

그들도 돈을 챙겼다고 한다. 적당히라고 챙기기는 했지만, 결국 중소문파로 들어가는 것보다 더 많은 돈이 형산파에게로 흘러들어 갔단다.

말이 중소문파를 키우기 위함이고 실제로는 형산파에 들어간 돈이 더 많았고, 그리고 그 돈을 이용해서.

"자신들의 세를 키우기도 하고……."

중소문파들에서도 꽤 규모가 있는 곳들.

이를테면 의선문이라든가 하는 곳들. 중소문파이면서도 뿌리가 깊은 그런 곳에 돈을 풀었단다.

결국 그 돈으로 본래부터 크기가 작지만은 않은 문파들이 더욱 성세를 유지할 수 있게 된다고 한다.

"지독한 모순이로군요."

"그런 게지."

같은 중소문파라고 하더라도 규모의 차이가 있는 법.

결국 구파일방에서도 하위를 차지하는 형산파는 자기들 입장에서는 똑똑한 방법을 쓴 거다.

아주 작은 규모의 중소문파를 키워주겠다는 명목으로, 돈을 끌어들이고 그 돈으로 자신들과 함께하는 문파들을 키운 셈이다.

명분으로 적당히 선의를 베풀고 실제로는 자신들이 챙기는 형국!

이것이 지독한 모순이 아니고 또 무엇이겠는가.

'세상 사는 곳 다 똑같다지만…….'

전생의 경험이 있는 운현으로서는 자신도 모르게 입이 쓸 뿐이었다.

약자를 위하는 척 굴고 강자가 이득을 얻는 건 이곳에서도 똑같았다. 여러모로 너무도 비슷한지라 기시감까지 들 정도다.

"쯧……."

자신도 모르게 혀를 찰 정도.

무적자도 비슷한 느낌이 들었는지 같이 혀를 찰 정도였다.

"하여간…… 정파라지만 상황이 이러하네. 그나마 다행이라면 최근 형산파에 힘을 실어주는 중소문파들이 줄기는 했네."

"당한 바가 있으니까요."

형산파가 하는 행위는 말이 도와줌이지, 실제로는 자신들의 이권을 위한 것임을 알지 않았는가.

반발이 아주 없지는 않았을 거다.

하지만 구파일방에 들어가 있는 문파와 중소문파의 다툼이다.

말석을 차지한다고 하지만 형산파도 결코 작지는 않다. 그런 형산파를 상대로 덤벼들 수 있는 문파가 얼마 되겠는가.

게다가 지원금도 소량이나마 받은 것이 있으니.

"그렇지. 하지만 이미 들어간 자들은 오도 가도 못 하는 상황일세."

"빚이 생겼으니 그런 겁니까?"

"그런 게지."

어쩔 수 없이 형산파의 영향력에 휘둘릴 수밖에 없는 상황일 거다.

문파를 키우기 위해서 벌였던 일이 도리어 그들의 목을 죄는 상황이 되어버린 것이다.

'서글프군.'

운현이야 자신의 능력과 여러 상황 덕분에 여기까지 왔다지만 다른 이들은 감도 안 잡힐 상황이다.

"해서…… 자네가 할 가장 큰 일은 암화를 잡는 것이긴 하나, 가능하다면…….”

“도와줬으면 하는 겁니까?”

“염치가 없기는 하지만…… 황궁의 일을 멋지게 해결해냈듯이, 무림맹도 가능하다면 해주었으면 좋겠군.”

이건 무슨 뜻일까.

말을 하는 무적자의 얼굴에는 왠지 모를 간절함이 깃들어 있었다.

“그것은 소림의 뜻입니까?”

“아니네. 다 늙은 노인네의 추한 바람이지. 물론 이건 부탁은 아닐세. 염치없이 이런 큰일을 부탁할 수는 없겠지. 다만 바람일세.”

“으음…….”

“암화와의 싸움에 무림맹도 큰 역할을 해 줄 터. 다만 지금 상황에선 그것도 힘들 듯해 보이니…… 허허. 그저 정파인으로서 서글픈 것일세.”

평생 암화와 격전을 벌인 무적자가 아닌가.

격전을 벌이며 여느 정파인들과 다르게 융통성을 가진 그이지만, 다른 한편으로는 정파인으로서의 순수함도 지키고 있는 듯했다.

‘하기는…… 그러니까 암화와 십수 년을 다툴 수 있는 것일지도.’

그런 순수성이 있기에 정파의 현 상황이, 특히 무림맹의 상황이 못내 마음에 걸렸을 게다.

그러니 암화의 일도 일이지만, 운현이 그와 함께 무림맹의 일도 해결을 해 주었으면 하는 바람을 가진 걸 게다.

'흐음. 그래선가…….'

그런 의미에서 운현과 일행이 이곳 고관대작이나 대접을 받는 접객원에 머무르게 둔 것일지도 몰랐다.

무림인이 분명한 운현에게도 거리감을 두며, 이런 식으로 대우를 하는 무림맹의 상황을 피부로 느껴보라는 의도도 분명 있을 게다.

그렇지 않고서야 무적자가 저리 겸연쩍은 표정은 짓지 않고 있을 게다.

접객원에 도착하자마자 미묘하게 거슬리는 바가 있다 싶더니.

'다 풀렸다.'

역시 돌아가는 상황을 알고 보니, 이해가 갔다.

다만 마음에 걸리는 것은.

"쉬운 일은 아님을 알고 있네. 안 돼도 괜찮으이. 고작해야 늙은이의 푸념이니……."

어쩐지 애달픈 표정을 짓고 있는 무적자부터 달래는 일이었다.

"할 수 있다면 최대한 노력해 보지요."

"오오! 그래 주겠는가!?"

"다만 무리는 할 수 없는 상황입니다. 아시지요? 무림맹의 문제가 아니더라도 암화가 뻗친 암수가 어디까지일지는 알 수 없는 상황입니다."

"크흠……. 내 그건 알고 있네만…… 그건 당분간은 우리 소림에서 최대한 노력해 보겠으이."

"소림을 믿습니다. 다만 암화의 손길이 어디까지일지 모르는 터. 그렇기에 장담을 드리지 못할 뿐입니다."

"그래도……."

무적자가 운현의 두 손을 꼭 잡아온다.

"믿겠네. 태산북두라는 소림의 제자가 다른 이에게 할 말은 아닐 수도 있네만…… 그래도 믿겠네. 허허."

"……무서운 믿음이로군요."

"허허."

무림의 일을 한 명의 젊은이에게 맡겨야 함에 대한 서글픔인가. 소림의 무인으로서 무림맹의 중심을 잡지 못함에 대한 서글픔인가.

그 마음은 오직 무적자만 알 뿐. 운현으로서는 알 수 없다.

'그래도 의도는 나쁘지 않다.'

다만 무적자가 하고자 함이 나쁜 일이 아니었다. 그가 부탁하고자 하는 바가 불온한 일도 아니지 않은가.

'해 보지.'

본래는 무림맹에 뻗친 암화의 손길을 해결하는 것이 다였으나, 일이 커졌다.

처음에는 운현에 대한 작은 견제인 줄로만 알았는데, 정보를 듣고 보니 생각보다는 일이 더 복잡했다.

허나 이것도 이거대로 나쁘지 않다.

'어딜 가나 일이로군.'

어쩌다 보니 해결사 노릇을 하게 된 것이 우습기는 하지만, 운현은 환히 웃어젖혔다.

"해 보죠."

그리곤 각오를 다졌다.

* * *

말을 더 나눴다.

밤새도록. 나중에 가서는 피곤한 모습을 보이기까지 하는 무적자를 데리고서 알아낼 수 있는 정보들은 다 알아왔다.

'일단 형산파 쪽이 문제.'

안 그래도 의심스러운 의선문이다. 그런 의선문이 포함되어 있는 형산파 쪽이 신경이 쓰이는 상태.

하지만 화산파 쪽도 의심을 거두지 않으며 정보를 듣고 또 들었다.

'열쇠는 우선 소림이겠군.'

그리고 그들을 해결하기 위한 기본적인 방안은 생각해 냈다.

화산과 형산.

섬서에 있는 그들이 그런 식으로 움직인다면, 제 삼의 대안을 가지고 오면 되었다. 그것도 제대로 된 대안이면 더더욱 금상첨화다.

'소림이라면 나쁘지 않지.'

암화와의 암투를 벌이느라 당장 무림에서의 영향력은 줄어든 소림이다.

하지만 무림인은 싸우면서 성장하는 존재이다.

소림은 무림이라는 무대에서 암화들과의 암투로 성장했다.

정종무공의 대표자라 할 수 있는 그들이 치열하다 못해 지독한 암투를 벌여 성장했다면 말은 다 하지 않았는가?

보이는 영향력은 적을지언정 그들이 가진 무력은 최상이다.

실제 그들의 무력은 운현이 소림에 들러서 직접 느꼈다.

어지간한 문파는 설사 구파일방이라 해도 감히 덤벼들기 힘든 무력을 가졌다.

무림의 힘은 결국 무력.

다른 어떤 것도 아닌 무력만이 최선이다. 그런 상황에서 소림의 힘이라고 하는 건 난관을 돌파하는 데 큰 힘이 될 수 있다.

그들을 이용하면 당장 큰 틀은 마련이 된다. 그리고 세세한 것들은.

'일단 더 정보를 얻고서 움직이면 되겠지. 거기에 더해서 얻을 것들도 많고.'

악인보다는 선인에 가까운 운현이다.

하지만 선인인 그라고 해서 아무런 득도 없이 움직일 생각은 없었다.

황궁이야 황녀인 주아민이 무슨 일을 하든 그 이상의 보상을 내려주기에 그녀를 믿고 확실히 움직여 준 터.

하지만 이번은 돌아가는 상황을 보아하니.

'알아서 해야겠어.'

도와주기만 하다 보면, 힘만 쓰고 아무것도 얻지 못할 판.

의방부터 시작해서 운현을 따르는 자들이 많은 상황에서 그리 돼서는 곤란했다. 그러니 그마저도 감안해서 움직여야 했다.

그를 위해서는.

"일단 나가 볼까나."

언제나 그러하듯 정보를 얻기 위해서 움직여야 했다. 더 많은 정보를 얻어야만 소림을 포함한 그가 얻은 패를 아주 확실하게 사용할 수 있을 테니까.

해서 나서려고 했는데.

"의원님, 찾으시는 분이 있습니다."

운현을 찾는 시비와 무인이 있었다.

신의도 아니고 의원님이라 하는 호칭을 보아하니, 호칭에서부터 일부러 낮춰 부르는 것이 느껴지기는 하지만 그거야.

'나중에 바꾸면 될 일이고.'

무림맹을 뜯어 고치다 보면 해결될 일이다.

다만 지금 당장 신경 쓰이는 것은, 각자 할 일을 위해 모두가 움직이고 있는 상황에서 대체 누가 찾아왔냐는 것이었다.

명학은 무당 무사가 있는 곳으로. 나머지는 각자 세가가 있는 곳으로 가 있었다.

그런데 찾아왔다 하는 건.

'생각지 못한 일이 생겼나?'

내심 긴장이 될 수밖에 없었다.

* * *

무슨 일이 생기기는 했다!

하지만 그건 무림맹에 관련된 일도 아니었으며, 운현으로서는 생각지도 못한 곳에서 생긴 일이었다.

"어어?"

"후후. 오랜만이지요?"

이곳에서 볼 거라고는 생각지도 못했던 여인. 모든 일이 해결되어 의방이 있을 호북에 가기 전까지는 절대 보지 못할 거라 여겼던 그녀가 있었다.

하연화.

여름에 피는 꽃. 기녀이면서도 감히 그 꽃잎을 건드릴 수 없다 알려진 그녀. 그녀가 무림맹에 모습을 드러낼 줄이야.

"어떻게 오신 겁니까?"

"후후. 그보다는 보고 싶었다고 말씀하시는 것이 맞지 않겠어요? 하나도 생각 안 나셨던 걸까요?"

안 났다.

라고 말하면 큰일이 날 수 있음을 눈치가 없는 운현으로서도 알 수 있었다.

"설마 그러겠습니까. 매일은 아니어도, 하연화 소저가 생각이 안 날 수가 없었지요."

"흐응……."

구렁이 담 넘어가듯 넘어가려는 운현을 가만 바라보는 하연화.

그녀의 눈에는 무언가 작은 불만이 어려 보였다.

하지만 이 정도만 하더라도 운현으로서는 정말 큰 발전이지 않은가! 그 둔감하기만 한 운현치고는 정말 장족의 발전이다.

'어쩔 수 없나.'

라는 표정을 짓더니.

"피휴. 이번은 오랜만에 보았으니 넘어갈게요. 그래도 서찰 한 번 안 보낸 건 너무하셨어요."

"상황이 그랬습니다."

"이해해요. 그쯤은…… 단지 음. 아니에요. 자아. 우선은 들어가 볼까요?"

"그러죠."

마치 본래 접객원의 주인은 자신이었던 것처럼, 안으로 안내를 하는 하연화였다.

* * *

오자마자 듣게 된 것은 생각지도 못한 소식이었다.

"이곳으로 자원해서 오셨다고요?"

"예. 당장 상황에서 하오문이 완전히 의원님의 손을 들어드릴 수는 없지만…… 그래도 상황은 이해하고 있어요."

"복잡한 상황이지요."

"예. 겉만 평화로울 뿐이지요."

정보를 다루는 하오문이니만치, 그녀는 말을 하지 않아도 많은 정보를 알고 있었다.

그런 그녀가 굳이 호북을 떠나 이곳 섬서까지 온 것은.

'나 때문이려나…….'

운현을 생각해서 움직인 것이 분명하다.

그걸 떠나 힘이 없으니 중립을 택해야 하는 하오문으로서는 그녀를 보내는 것이 최선이었을 터다.

모르긴 몰라도 운현은 물론이고 사파에도 어느 정도 줄은 대고 있을 거다.

말이 중립이지, 힘이 없으니 이곳저곳에 정보를 빌미로 끈을 맺어두고 있을 수밖에 없을 게다.

그러지 않으면, 힘도 없이 정보를 쥔 하오문으로서는 횡액을 맞이할 수밖에 없을 게다. 원망할 일은 아니었다.

어쨌거나 여러 이유로 운현을 찾아오게 된 그녀는 생각지도 못한 소식을 가지고 왔다.

"요즘 사파의 움직임도 만만치 않아요. 그걸 전해야 했어요."

"사파가 말입니까?"

"예. 그 전에 한 번 사파의 영역을 다녀오셨던 적이 있으시잖아요. 그때 이후로 부산스레 움직이기 시작했어요."

"으음……."

"그때 이후로 움직임이 정말 많아요."

"그게 정파에 대한 공격이 될 수도 있다고 봅니까?"

"평화가 길었지요? 십중구할이라고는 장담하지 못하겠지만…… 아무래도요."

"하. 이거 참……."

은원이 쌓이긴 했다.

그래도 평화롭다 봤다. 해서 무림맹만 정리하고, 그 뒤에 암화를 정리하면 된다고 여겼다. 하지만 돌아가는 꼴을 보니.

사파도 움직인다.

이 사파의 움직임에 암화가 관련되지 않았을 거라곤 장담키 어렵다.

'꼬였다.'

안 그래도 쉬운 일은 아닌데 시간 제한까지 있다. 어서 무림맹의 일을 해결해야 할 판이다.

第六章
설상가상(雪上加霜)

본래 계획은.

'이런 게 아니었지.'

내부를 정리하고. 결속을 다지고. 내부의 적이 없는 상태에서 암화를 공개. 그 뒤 암화를 노린다가 골자였다.

황궁이 직접적으로 나서지는 못하더라도 운현에게 많은 권한을 준 상태이지 않은가.

그런 상황에서 본래의 계획은 그 어느 때보다 괜찮은 계획이었다. 문제는 생각지도 못한 변수가 움직이게 됐다는 것.

'사파라니.'

사파. 언제고 주기적으로 움직이는 자들이기는 했다.

은원이 쌓였을 때 움직이는 것은 기본. 이득을 위해서 움직일 때도 수두룩했다.

그도 아니면 자신들 내부의 문제를 해결코자 정파를 공격하는 일도 비일비재했다.

사파가 무림맹을 치고자 하는 것.

시기가 문제지만 자연스러운 일이다. 크고 작은 충돌은 있었을지언정, 무림의 평화가 길었으니 이해할 수 있는 바다.

'그래도 의심이 가긴 해.'

암화와 오랜 싸움을 벌인 운현으로서는 걸리는 바가 많았지만, 어쨌거나 겉으로는 아무런 문제가 없었다.

남궁가의 일도 있었으니, 그들이 준동하는 것도 무리는 아니다. 다만 걸리는 건.

"사파도 여러모로 흩어져 있지 않았습니까?"

"통합해 내는 데 성공한 듯합니다."

"어떻게요?"

"……걸출한 자가 등장하기도 하였고요. 아시죠? 탁운."

"이런……."

탁운.

운현이 남궁가의 의뢰를 받아 사파의 영역에 들어섰을 때.

마지막까지 그들을 추격하던 자다.

하오문의 도움으로 생각보다 쉽게 빠져나오기는 했지만, 그때의 그는 꽤나 집요했던 것으로 알고 있다.

덕분에 운현이 빠져나가고 나서도 하오문이 한참 곤욕을 치뤘던 것으로 기억한다.

그때 죽은 남궁가의 무사도 꽤 많았으며, 덕분에 남궁미로도 꽤나 의기소침해한 바가 있었다.

그런데 그가 갑작스럽게 이름을 드러낼 줄이야?

'역시 공교로운데.'

자신과는 악연이 쌓였던 자다. 그도 인연이라면 인연이랄 수 있는 상황.

안 그래도 상황상 걸리는 바가 많았는데. 마침 딱 나서주는 것도 이상했다.

이어지는 이야기는 더 가관.

"그가 문파의 이름을 바꿨어요."

"이름을 말입니까?"

"예. 사혈문으로. 사파의 혈채를 받아내야겠다고 하더군요."

"하……."

이름 하나에 담기는 것이 문파의 정신.

그런데 그걸 바꿨단다. 아예 대놓고 정파를 노리고 만든 이름이다.

'처음부터 노렸어.'

그들이 혈채를 받겠다고 하지만,

"그리곤 사파 또한 맹을 결성해야겠다고 하더군요. 지금의 연합은 있어 보아야 정파와 타협만 할 뿐이라면서 말이죠."

"하…… 사도련이 있지 않습니까?"

정파에 무림맹이 있다면 사파에는 사도련이 있다.

이득을 탐하고 모이기 힘든 사파의 특성상 그 힘이 강하지는 못하다고 하더라도 련은 련이다. 그런 련을 두고서 새로운 맹을 만든다고 한다?

'가능할까?'

저항이 심할 거다.

차라리 사도련을 장악하는 것이 낫지, 맹을 새로이 만든다고 하는 것이 더 힘들 게다.

그런데 그런 일을 벌였단다.

"이름은……."

"사혈맹이겠군요?"

"예."

"고루하네요. 하지만…… 그만큼 잘 먹히는 이름도 또 없겠지요."

"목적의식 하나만은 충실한 이름이지요. 련에서 맹으로 바뀌었을 뿐이겠지만…… 알맹이가 바뀌긴 하니까요."

"흐음…… 새로운 맹이라……."

고루한 이름이다. 하는 짓도 심상찮다. 어려운 길을 탁운이라는 자가 행하고 있었다. 문제는.

"저항이 없답니까?"

"기존에 사도련에 있던 자들이 저항은 하고 있지요. 이권이 관련되어 있으니 안 할 수가 있을까요."

"그런데도 한답니까. 으음……."

"제법 잘해 나가고 있어요. 의외로요. 수완이 좋아요."

"하……."

탁운. 그가 어디서 가져왔는지 모를 자금줄을 가지고 많은 자들에게 이권을 약속해 주고 있다고 한다.

그도 아니면 기존에 있는 자들의 관계를 이용했단다.

"이를테면 우상문과 형주문은 예로부터 같은 지역에서 나서 서로 경쟁 관계였지요. 본래는 형주문이 더 세력이 강했는데 그걸……."

한 산에 두 호랑이가 있을 수는 없는 법.

하지만 어떻게든 여러 문파가 한 지역에 있는 경우는 수두룩하다.

계파가 나뉘든, 사연이 있든 간에 쉽게 볼 수 있는 바다.

정파만 하더라도 한 성에 여러 구파일방이 있기도 하잖나.

사파도 같은 식이다.

어떤 사파는 강의 상권을 가지고 일어나기도 하고, 또 어떤 곳은 표국과 연계해서 만들어지고 하는 식으로 한 성에 여러 문파야 당연히 있을 수 있다.

그러다 보면 서로 비슷한 크기로 크는 경우도 몇 있다.

그런 자들끼리 세월이 지나다 보면, 이권이 겹치기도 하니 다툼은 벌어지는 건 당연한 수순. 그러다 보면 은원이 쌓이게 되는 거다.

그러다 한쪽이 무너지면 그 이권을 전부 먹고 거대 문파로 발돋움하기도 하는 게 사파다.

우상문과 형주문 같은 곳은 많다 이거다.

다만 그들 모두 규모가 엇비슷하니 서로가 견원지간처럼 굴 뿐. 쉽사리 문파 간 대결을 벌이긴 힘들었다.

쉽사리 대전을 벌였다가, 서로가 힘이 약해지면 다른 곳에서 어부지리나 취할 테니까.

압도적으로 한쪽의 힘이 강하지 않는 한은 절대 이뤄지지 않는 게 문파끼리의 대전이다. 그런데.

"그걸 끼어들었다고요?"

"예."

사혈문은 거기에 끼어들었다고 한다.

"암검대라는 걸 만들었더군요."

"암검대라…… 묘하게 기시감이 느껴지는 이름이로군요."

"저 역시도요."

암검대라는 자들이 사혈문에서 갑작스럽게 튀어나왔단다.

"그 수는 이백 정도."

"음……."

이백. 꽤 큰 규모를 자랑하는 중소문파의 규모다.

말이 쉬워 이백이지, 이백의 무사를 키우기 위해서는 어마어마한 돈이 드는 것은 당연하다.

그러니 이백이라는 무사들이 갑작스레 등장하는 건 사혈문의 무력이 순식간에 상승했다는 것이나 다름없다.

'대체 어디서 구했을까…….'

문제는 그들이 대체 어디 출신이냐는 것이다.

의문이 이어지는 가운데, 뒤에 들리는 하연화의 말에 운현으로서는 놀랄 수밖에 없었다.

"그들 모두 최소가 일류. 조장급은 절정이더군요."

"말도 안 되는!"

"……실제로 일어난 일이에요. 추산이기는 하지만, 거의 정확하지요."

말이 쉬워 절정이다.

절정의 경지는 일류와는 확연히 다르다. 검기를 쓸 수 있고 없고의 유무는 초인과 초인이 아닌 자의 경계를 나눈다고 할 수 있을 정도다.

기를 형상화하기 시작하는 단계. 절정.

거기에서부터는 꽤 많은 것이 갈린다.

절정무사 하나가, 일류 무사 열보다 가치가 있다는 말이 괜히 있는 게 아닐 정도로 그 차이가 심각하게 벌어진다.

그런데 조장급만 되더라도 절정이라니.

"……그게 말이 됩니까?"

"다시 말씀드리지만 실제로 일어났어요. 형주문을 칠 때가 첫 등장이지요."

갑작스레 등장한 암검대.

그들이 가장 먼저 드러나서 형주문을 쳤단다. 그것도 벌건 대낮에 우상문의 무사들과 함께!

우상문의 무사들은.

"당연하다는 듯이 그들의 명을 듣더군요."

너무도 자연스레 암검대의 명을 받들었단다. 하급자처럼.

그리곤 그대로 이어진 대전.

갑작스러운 전투였지만 형주문도 지역에서 이름을 날리던 문파다. 그 문파가 자신들 지역에 정보망이 없을 리가 없다.

암검대가 등장했을 때부터 무언가 이상함을 느끼고 대비를 했다고 한다.

"형의사자. 권법을 쓰던 절정의 고수였습니다. 형주문 문주기도 했구요."

형주문의 형의사자. 문주인 그는 사파인이면서도 그 호탕함으로 꽤 이름을 날렸단다.

대를 이어가며 문파를 꾸린 덕에 사파로 분류되기는 해도, 악질은 아니었단다.

정파의 영역에 태어났더라면, 정파의 무인이 될 수도 있었을 자가 그였다.

책임감이 깊어 문파를 제법 잘 꾸려나갔다고 하는데, 덕분에 우상문과 형주문의 차이가 조금씩 벌어졌단다.

가진바 무공도 절정이니, 구파일방은 아니어도 사파의 무인치고는 나쁘지 않았단다. 게다가 그의 옆에는.

"그의 형제들도 모두 절정이었으니, 분명 나쁘지 않은 전력이었어요."

의좋다 할 수 있는 그의 형제들이 함께였단다.

초절정은 아니더라도 형제들이 절정의 경지!

절정인 그들을 필두로 싸움을 벌이니 기존 우상문의 무인들을 형주문이 조금씩 밀어내는 건 당연한 수순이었단다.

전력차가 꽤 나서 그동안 형주문이 우상문을 치지 않은 것이 이상하다고 할 정도!

하지만 반전은 역시 있었다.

"그런데 그 전력이 모두 무너졌다 이겁니까?"

"예. 형제 한 명에 두 명의 조장급이 붙었다고 하더군요."

"……그리고 그들은 모두 절정이고요."

"맞아요."

조장급부터 절정이라는 그자들. 암검대의 무인들이 나서고부터 상황이 반전되었다고 한다.

가장 먼저 문주의 목이 따이고, 그 뒤를 이어 형제들이 차차 심장이 꿰뚫렸다고 한다.

그 뒤는 명약관화(明若觀火)하지 않은가.

남은 무인들은 전부 전멸을 면치 못했다고 한다. 모두 죽음으로써 끝이 났다.

사파의 뿌리 깊은 문파 중에 하나가 그렇게 사라졌단다.

재밌는 건.

"그 뒤로 어떻게 되었답니까?"

"문파에 남은 것은 모두 약탈. 그리곤…… 형주문은 그날부로 완전히 소각되었습니다."

"소각 말입니까?"

"예. 완전한 소각."

형주문의 터를 완전히 불태웠단다.

전표든 보물이든 이것저것 챙겼다지만 터를 완전히 불태우다니?

근친이 전부 살해당하는 원한이 있지 않고서야 거의 벌어지지 않는 일이다. 게다가.

"……그럼 이득을 거의 못 보지 않습니까?"

"예. 그런데도 하더군요."

사파 문파끼리의 싸움은 대부분이 이득 때문. 그런 상황에서 터를 완전히 불태우는 것은 이득을 적게 얻는다는 의미였다.

그 터도 상하는 것이 문제이거니와, 설사 승리를 했다고 하더라도 터를 두고서 이문 등을 챙기는 것이 일반적이었다.

그런데 뻔히 이득을 볼 수 있는 것을 불태웠단다.

"후에 형주문의 다른 분파에 있던 자들이 찾아와서 장례라도 치르게 해달라 했지만…… 문파원들의 시체마저 전부 소각했다더군요. 한 번에 모아서."

"허어……."

거기다 문파원들의 시체도 자신들의 방식으로 처리를 했단다.

'이건 심각한데…….'

아무리 사파라지만 인간은 인간이다. 온갖 더러운 협잡질에 범죄를 저질러도 최소한의 도리란 게 있다.

원한이 커도, 시체는 상하지 않게 한다든지.

아무리 문파끼리의 전투가 벌어진다고 하더라도 터는 남

겨둔다든지 하는 그런 것들 말이다.

사소하지만, 꽤나 중요하게 여겨지는 관례들이 꽤 있다.

흔히 무림에서 말하는 무림공적이란 자들이 공적 취급을 받는 이유는 그 도리조차 지키지 않아서이다.

도리에 어긋나는 경우란 시체를 간음한다거나, 뭇 양민들을 아무 이유 없이 수백을 살인한다거나. 사파가 봐도 이런 짓은 아니다 싶은 것들이다.

그럴 경우에는 공적이 되고 정파든 사파든 협력해서 잡곤 한다.

그런데 그런 짓을 우상문이 벌이다니?

암검대의 힘을 빌어서 형주문을 쳤다지만, 주변의 인심을 잃을 것이 분명하다. 헌데.

"여기서 끝이 아닌 게 문제였지요. 기다렸다는 듯이, 움직이기 시작했습니다. 잘 짜여진 각본처럼요."

형주문을 친 것에 이어서 의중문, 상적문, 단주패에 이르기까지.

사파에 뿌리가 깊은 문파들을 쳤다고 한다.

그리곤 우상문과 같은 방식으로 자연스럽게 암검문을 따르는 문파들에게 승리를 안겨줬단다.

"순식간에 영역이 커졌지요."

"……보통 하기 힘든 일이긴 하지요."

"예. 세력이 줄어드니까요."

말이 쉽지 이건 완전히 균형을 깨는 일이었다.

하지만 보통 이리 움직이지 않는 이유는, 이런 식으로 움직였다가는 다른 이들의 집중 공격을 받을 수도 있을 수 있기 때문. 그런데 그것조차도.

"아까 말했듯이 수완이 좋았어요."

사혈문의 탁운은 전에 없던 수완을 부리면서 주변을 통합해 나가고 있다고 한다.

"허어……."

무력이면 무력. 수완이면 수완으로 사혈맹에 가입을 시키거나 우호적으로 만드는 상황. 그 속도가 가히 전광석화 같다고 한다.

"이대로면 얼마가지 않아 전체가 통합될 거예요. 이 속도가 유지된다면요."

"으음……."

이건 심각했다.

사파인이라고 다 사악하지 않다는 건 운현도 안다. 실제로 그가 치료해 줬던 자들 중에 사파의 무인들도 있었다. 그들 중 은혜에 보답할 줄 아는 자들도 있었다.

악인이라기보다는 인연이 꼬여 사파인이 된 자들도 꽤 다수였다.

정파는 무공을 가르칠 때, 비인부전이라며 심할 경우 삼대를 살피곤 하지만 사파인은 그런 게 없는 경우도 있어 사파인이 된 경우도 있었다.

악인의 비율이 높을 뿐. 사파인들도 모두 사람이다.

문제는 그런 상황에서.

'탁운…… 흐음…….'

남궁미와 운현을 애먹이게 했던 그자가 나섰다는 것이 문제였다.

그를 악인의 표본이라 할 순 없지만 운현과의 악연은 이미 충분히 쌓인 상태.

게다가 그 당시 등장했던 자들을 생각하면, 탁운 그자도.

'암화와 연관이 있을 수 있다.'

운현의 대척점에 있는 암화에 관계됐을 확률이 높았다.

그런 자가 사혈맹을 만드는 데만 성공하면? 그 뒤는 안 봐도 훤했다.

악연이 쌓여서 그 악연이 생각지도 못한 방식으로 작용하고 있는 셈이다.

"으음……."

덕분에 확실히 꼬였다. 이래선 처음의 계획대로 밀고 갈 수가 없었다.

'서둘러야겠군.'

급하면 탈이 나는 법이나, 다소 과격한 방법을 써야 할 수도 있는 상황이었다.

그래도 당하고만 있을 수는 없는 법.

"하연화 소저. 의뢰를 몇 개 좀 넣어야겠습니다."

"음? 의뢰요?"

"예. 상대가 이런 식으로 나와서야 속도를 늦춰야 하지 않겠습니까. 의뢰비는 걱정치 않으셔도 됩니다."

"그런 거라면야 걱정 마세요."

상대의 뒤를 칠 수 있는 방안도 함께 마련하며,

"그리고 여기 일도 좀 도와주시면 좋겠습니다."

"……아주 제대로 부리는데요?"

"후후. 알고 찾아오신 것 아니겠습니까?"

"……알겠어요. 우선은요."

무림맹을 하나로 묶을 계책을 마련키 위해서 하연화조차도 부려먹은 운현이었다.

第七章
무력이란……

무림의 힘은 곧 무력. 무력은 무공 아닌가.

그를 위해서는 정파고 사파고 가릴 것이 없었다.

좋은 영약, 희대의 비급이 나타나기라도 하면 피바람이 부는 건 그 때문에 일어나는 예삿일 중에 하나다.

조금이라도 강해질 수 있다면, 무림을 호령할 수 있을 테니까.

일인무적. 그게 안 되면 천하제일인. 그도 아니면 최고의 세력이라도 품어보고자 풍월의 꿈을 가진 자는 무인이라면 꼭 있다.

십 중 구 할. 아니 거의 십 중 십 할.

운현같이 특이한 자를 제외하고는 힘에 대한 갈망은 모두가 가진 공통점이리라.

그게 무림인의 공통점이자 핵심.

'그걸 짚어내야지.'

운현은 바로 그걸 노렸다.

*　　*　　*

무적자는 제법 일 처리를 잘해 줬다.

잠잠했던 소림사의 힘을 다시금 무림맹에 쏟아 부으면서, 동시에 운현의 요청을 급하게 처리해 줬다.

바깥에서 떠돌기는 했어도, 그의 능력이 보통은 넘는다는 반증이었다.

다만 염려가 조금 있기는 했다.

"선의각의 이용 권한은 마련했네만…… 괜찮겠는가?"

"뭐가 문제겠습니까. 의원이 의방의 것을 이용한다는데. 무림맹에 있는 의원들은 전부 이용치 않습니까?"

"그걸 말함이 아님을 알지 않는가. 쉽게 말하면 텃세, 즉 자네에 대한 견제가 있을 걸세. 치료하는 것부터 시작해서……."

일견 그의 염려는 타당했다. 또한 선의각에 들어간다고

해서 과연 운현이 그의 부탁을 들어줄 수 있는가에 대한 염려도 동시에 보였다.

그 염려를 해결해 줘야 했으나.

"치료만 하자고 나선 것이 아닙니다. 무리해서 나설 필요는 없겠지요."

"허허. 그런가?"

"예. 어차피 선의각에 있는 의원들이 치료는 다 해낼 겁니다. 딱히 불치병에 걸린 자가 맹에 있을 이유는 없지 않습니까?"

"그건 그렇지."

맹에서 나오는 환자들은 다수가 외상 환자다. 훈련, 대련, 임무를 수행하다가 다치는 자들이 다수기 때문.

내상을 입은 자들도 있기는 하지만 그런 자들도 어지간해선 다 처리한다.

특이한 체질을 가진 자는 굳이 맹에 머무르기보다는 자신들의 가문 문파에 있는 터.

'외과가 내 전문이긴 하지만…… 우선은 다른 거지.'

특수한 상황을 제외하고서야 운현이 굳이 나설 이유는 없었다. 나서더라도 나중이었다. 당장은 전념할 게 있었다.

"허허. 치료가 아니고 대체 뭔가?"

"아시잖습니까. 저의 전문?"

"흐음…… 알기야 하네만. 그걸로 어찌할지. 차라리 맹에 첩자가 있는지 살피는 것이……."

"그건 당장 당기재 소협이 처리할 겁니다. 일단은 믿어 보시지요."

"자네가 그렇게까지 말을 한다면야…… 허허. 어쩔 수가 없군."

염려 어린 눈빛은 여전했다. 그러나 무적자는 자신에게 선택권이 없음을 바로 알았다. 어쩌겠는가. 운현에게 믿고 맡길 수밖에.

"문제가 생기면 꼭 찾게나."

"염려치 마시지요."

"그럼 잘해 보게나. 허허."

그저 늙은 노인으로서 마지막 염려를 담아 운현의 청을 들어줄 뿐이었다.

* * *

"화…… 좋군."

황궁처럼 대단하진 않았다. 화려함은 없었다. 그래도 있을 것은 다 있었다.

황궁은 황후같이 특수한 경우를 제외하고는 치료를 할

자들이 많지는 않았다.

하지만 여기에는 환자가 넘쳐났다. 부상을 달고 살기도 하는 무림인들답게 얼핏 봐도 환자들이 많았다. 덕분에 규모도 컸다.

그러면서도 생기가 넘쳤다.

"꽉 잡아."

"아아아악!"

"깊게 박혔잖아!"

"그게 대련이 격렬해지는지라……."

"허 참. 이리 오라고!"

무인들 특유의 생기. 의원들의 잔소리가 가득 담긴 선의각의 모습을 보고 있노라면, 얼핏 의명 의방에 돌아온 듯한 느낌이 들 정도였다.

'좋군.'

당장 달려가서 저 치료의 현장에 들어서고 싶은 운현이었다.

하지만 그가 해야 할 일은 따로 있었다. 의원으로서의 본분을 다하고는 싶었으나, 그건 아직 나중이었다.

"오셨습니까."

"안내 부탁드리겠습니다."

"커흠. 그렇지요."

조금은 운현을 어렵게 대하는 선의각의 의원과 함께 그의 목적지로 향하는 운현이었다.

*　　*　　*

'여기도 좋군.'

외상 치료의 기본은 어찌 보면 금창약이었다. 혈도를 점하고 얼마나 좋은 금창약을 사용하느냐에 따라 좋은 응급처방이 되기도 한다.

심각한 상처야 어쩔 수 없지만, 그것으로도 목숨을 건지는 무인들은 많았다.

맹의 무인들도 마찬가지.

그렇기에 그들을 위한 시설은 좋을 수밖에 없다. 그 안에 운현이 들어섰다.

"여기서 사용을 하시면 됩니다. 그런데 무얼 하시려고 하시는 겁니까?"

"하하. 그거야 금방 알려질 겁니다. 그때 한번 확인하시지요."

"흐음…… 뭔가 있으신 거군요. 알겠습니다."

정보를 알아내려는 듯 캐물어 오는 의원을 보내고서는,

"자, 움직여 볼까."

운현은 빠르게 움직이기 시작했다.

*　　*　　*

운현의 선의각에 들어간 지가 벌써 며칠. 그동안 운현이 들어간 약재실의 등불은 꺼지지도 않았다. 운현이 쉬지도 않고 작업을 하는 것은 분명했다.

그사이.

"흐음……."

당기재는 조심스레 주변을 살피고 다니고 있었다.

운현에게서 익힌 기감. 비록 운현에 비해서는 한없이 부족하지만, 다른 이들에 비해서는 충분히 강력한 기감이었다.

그것을 이용해서 주변에 있는 자들 중에서 의심스러운 자들을 찾아다니고 있는 당기재였다.

"뭐 좀 있는가?"

"죄송합니다만 아직입니다. 제가 아무래도 신의님에 비해서는 미흡하지 않습니까."

"허허…… 그래, 그래. 이해하네. 그나마 가능성을 보는 게 어디인가."

"좋게 봐주시니 감사할 뿐입니다."

그는 무적자와 시간을 들여 움직이는 상태였다.

"그나저나, 자네 세가에도 연통을 보내었다고?"

"물론입니다."

"적어도 당가는 함께하는 것인가?"

"상황이 그렇지 않습니까. 정파고 사파인 것을 떠나 인간으로서 지금의 일은 같이해야지요."

"허허. 알겠네. 당가가 힘을 보태준다라. 좋군, 좋아."

오자마자 세가에 서찰을 보냈던 당기재였다. 사람보다도 빠른 잘 훈련된 전서구가 당가를 향해서 날아갔다.

본래라면 힘든 일이지만, 당가의 독으로 단련된 전서구는 그 무엇보다 빠르게 답을 가져오는 데 성공했다.

그리고 그 답은.

'가(可).'

짧지만 충분했다. 당가가 운현에게 힘을 보태기로 결정을 내린 거다.

그리고 그사이 서찰을 보낸 쪽, 아니 힘을 보태려고 하는 쪽은 당기재만이 아니었으니.

"흘흘. 제갈가의 아이가 여기는 왜 왔을꼬? 굳이 우리를 찾으려면 맹에서도 충분할 터인데."

"……후학으로서 부탁을 드리고자 왔습니다."

"흘…… 부탁이라?"

"당리개 어르신에게 의뢰를 넣을 수는 없지 않습니까. 예가 아니겠지요."

"오랜 은거를 깨게 하고서는 재밌는 말을 하는구나."

당리개. 전대의 개방 장로. 조용하기만 한 무림에서 암약한 게 그다. 소림과 함께 암화를 처리하는 데 꽤 힘을 보태기도 했다.

하지만 몇 년 전에 이미 은거를 선언했던 게 그이기도 했다.

암화와의 싸움에서 자신의 제자들이 죽은 것이 그의 은거에 쐐기가 되었으리라.

우습게도 은거라 말을 했지만, 그는 맹 주변에 있는 거지 소굴에 지내면서 시간을 죽이고 있었다.

한적한 산, 거대한 장원 같은 곳보다는 거지에게는 거지에게 어울리는 은거가 있다며 내린 결정이었다.

그의 의사를 존중하기에 맹의 인물들은 그가 있음을 알면서도 달리 찾지 않았다. 그의 선택을 존중해 준 것이다.

그런데 그곳에 제갈소화가 나섰다. 은밀한 밤에.

"그 죗값은 나중에 달리 받겠습니다."

"……되었다. 어차피 찾아 올 줄은 예상했느니라. 무얼 얻고 싶은 게냐?"

"정보죠. 정보를 원해요."

"흘. 맡겨 놓았다는 듯이 당당하구나."

"사욕을 위함이 아니니까요."

당리개의 말대로 제갈소화의 표정은 당당했다. 그 누구보다도.

그런 그녀의 표정에 장난기가 돌았을까? 당리개가 마음에도 없는 소리를 해 본다.

"이 노인네는 사욕을 채워야겠는데? 은거를 깬 대가는 받아야 하지 않겠느냐?"

"준비해 놓았어요."

"허어…… 준비를 했다?"

여기서는 당리개도 당황을 할 수밖에 없었다.

그로서는 농을 던져 제갈소화를 당황하게 하려는 것이었을 뿐. 실제로 무언가를 받아낼 생각은 없었다.

'재밌는 아해로고. 제갈가에 망아지가 하나 있다고 하더니…… 흐음. 망아지치고는 꽤 크긴 하지만…….'

당리개가 눈을 가늘게 뜨고 바라본다.

"내놓아 보거라."

"당장 여기는 없어요."

"준비를 했다고 해놓고서는, 대가가 여기 없다?"

"예. 앞으로 드릴 것이니까요."

"무얼?"

"목숨값이요. 어르신의 아이들이 주어야 했던 목숨값."

"갈!"

당리개의 아이. 그의 제자들. 그의 가슴에 품어야 했던 아이들의 목숨이다. 그걸 당리개 앞에서 감히 논하는 자는 없었다.

개방의 방주도 감히 그러지 않았다.

제갈소화는 그런 목숨값을 바로 앞에서 말하고 있었다.

당리개의 살기에도 여전히 그녀의 표정은 당당했다.

"농이면…… 그 모든 것을 뒤엎을 게다. 이 노망난 늙은이가."

"농이 되지 않을 거예요. 드릴 겁니다."

"흘…… 그들을 죽여서?"

"예, 죽여서요."

그녀는 꼿꼿했다. 당당했다. 그녀를 떨리게 하는 자라고는 운현 하나뿐. 그 예외를 제외한 당리개에게는 여장부라도 되는 듯 당당했다.

졌다는 듯 당리개가 숨을 푹 내쉰다.

"십수 년이다. 제법 잘해 왔지만은, 아이들의 손에 죽을 암화도 아니지 않느냐?"

"아니요. 해낼 겁니다."

"……치기, 아니면 혈기냐? 아니…… 아니군."

당리개가 깊게 파인 눈두덩이 안에 담긴 눈을 질끈 감는다.

"허허……."

헛웃음을 지으며, 그 오래전 자신이 암화와의 암투에 끼어들 때를 회상한다.

정파의 정의를 지키겠다며, 목숨을 걸고 달렸던 그때. 덕분에 자신들의 제자를 하나같이 잃었던 그때.

제자를 잃고도 세상천지에 말도 하지 못했던 그때의 한을 회상한다. 그 한을 가슴 속에 파묻었던 예전을 떠올린다.

'……담고 살려 했건만.'

지쳐도 너무 지쳐. 세상의 모든 걸 잊고 싶어, 저잣거리의 쓰레기나 뒤지고 살며 숨을 죽이려 했건만.

'업인가. 아니면 끝맺지 못해선가.'

자신이 암화와 암투를 벌일 때는 이제 막 걸음마를 시작했을 여아가 자신을 찾아왔다.

목숨값을 주겠다고.

소싯적의 자신보다도 높은 경지를 가지고서. 당당하게. 또한 당연한 걸 요구한다는 듯.

"마치 오래전 찾아온 무적자와 비슷하구나. 그때 그녀석도 당당했지. 그 망할 땡중은…… 여전히 강호가 좁다 하고 돌아다닌다지?"

"마침 무림맹에 오셨지요."

"흘…… 그래. 그 무적자가 돌아왔다라. 돌아왔어."

숨을 크게 들이쉰다. 다시 내쉰다. 푹하고 뿜어져 나오는 한숨이었다. 그러곤.

"가자. 목숨값은 땡중 놈에게서 받아보자꾸나. 안내해 보거라."

"……예."

제갈소화에게 짐을 지울 수는 없다는 듯, 땡중 무적자를 찾는다며 움직이기 시작한다.

갈지자로 걷는 그 모습은 표홀해 보이기 시작하지만, 어깨만은 무거워 보이는 당리개였다.

그런 당리개의 뒤를 따르며 조용히 읍을 해 보이는 제갈소화였다.

* * *

"어쩔 수 없는 게냐?"

"예. 은원은 쌓였고, 움직일 때가 온 거지요."

"흐흠…… 너를 보낸 것이 그런 이유는 아니었거늘……."

"어쩔 수 없는 수순이었을지도 모릅니다."

"후. 좋다. 움직여 보자."

남궁미도 맹에 있는 자신의 가문을 찾아가 설득을 하는데 성공했다. 그의 아버지가 마침 맹에 와 있는 것이 주요했다.

다른 이라면 몰라도 그는 적어도 자신의 딸아이를 누구보다 믿었다.

사내대장부로 태어났더라면 누구보다 큰일을 했을지 모를, 가문의 기둥이 되었을지 모를 딸을 믿었다.

그 믿음에 따라, 딸의 설득을 받아들였다.

"남궁가는…… 함께할 것이다."

"예!"

남궁가가 참여했다. 그사이 명학은 무림맹에 온다는 소식에 미리 기다리고 있던 그의 스승 운인 도장에게.

"……다시는 그러지 말아야 할 것이야?"

"죄송합니다."

벌 아닌 벌을 받은 터.

명문 대파에서 스승의 말을 따르지 않음은, 몇 년을 두고 면벽수련을 해야 할 만큼 큰 벌이었으나.

사람 좋은 운인 도장은 그러지 못했다.

"휴. 그래. 되었다. 되었어."

자기 제자가 움직인 행동의 발로가 정의감 때문임을 알고 있기에 감히 벌을 줄 수가 없었다.

"그나저나 많은 성취를 얻었구나?"

"스승님 덕분이지요."

"없는 소리는 말거라. 강호행을 하더니, 묵직하던 아이가 농만 늘었구나. 허허."

"……."

"그렇다고 또 침묵하지도 말고. 되었다, 되었어. 대하(大河)를 몇의 손으로 가릴 수는 없음이니. 어쩔 수 없는 흐름일지도 모르겠지. 이 또한 연이 쌓여 그리 된 것이니."

"……그렇다면."

"가자!"

운현. 그에게 쌓인 인연이 모여들고 있었다.

또 그리고 그 인연들이 다시금 실타래를 풀어서.

"후후. 처음 뵙겠어요. 하연화라고 합니다."

또 다른 인연을 얼기설기 묶어내고 있었다.

*　　*　　*

그사이에 운현은.

"됐다. 마침 도착도 했으니……."

모든 준비를 끝마치는 데 성공했다. 그 주변 일행이 바삐 움직이는 동안 선의각에만 틀어박혀 있던 그의 몸을 다시 기지개 켤 때가 온 것이다.

'오랜만에…… 제대로 움직였네.'

얼마 전. 역병이 퍼졌을 때 그 약을 만들 때처럼 움직였던 그다. 그때는 도와주는 자가 있었으나 이번엔 그도 없었다.

다행히도 그가 부른 자들이 금세 몇 명이 왔지만, 그 이전까지 며칠이 넘는 시간을 쏟아부은 그였다.

초절정을 넘은 경지. 화경. 그 경지에 들어서지 못했더라면, 버티지 못했을 강행군이었다.

'선천진기까지 쏟아 부었으니…… 이 정도라면 틀을 흔드는 건 가능하지.'

보통이었더라면 견딜 수가 없었을 게다. 겨우 가능했다.

"가보자."

틀어박혀만 있던 운현이 바깥으로 나섰다.

第八章
강해지시렵니까?

맹에 운현의 명확한 자리는 없다.

접객실에 머무르고 있을 뿐. 어떤 직책이 있는 것도 아니다. 선의각을 사용할 수 있던 것도 소림사와 무적자의 협조가 있었던 덕분.

그 외에는 어떤 권한도, 무언가를 해야 할 의무도 없었다.

처음에는 운현이 무언가를 벌이는가 신경을 쓰던 화산이나 형산의 무인들도 그가 선의각에만 몇 날 며칠이고 파묻혀 있으니 시선을 다른 데 둔 터.

무림맹을 장악하다시피 한 그들로서는 되레 급작스레 세

력으로 부상하려는 듯 분주히 움직이는 운현의 일행을 더 신경 쓰고 있었다.

그런데 갑작스럽게 나온 운현이 무림맹의 대로 한가운데에 떡하니, 똬리를 틀고 앉았지 않은가.

그리고 그 가운데에 서 있는 두개의 기(旗)는 어디서 구해 왔는지 큼지막하게 글이 새겨져 있었다.

무인이 아닌 양민이라고 하더라도 쉽게 읽혀질 만큼 큼지막한 글들이었다. 모두의 시선이 가서 꽂힌다.

다만 그 안에 있는 내용이 너무 얼토당토않은지라 놀랄 수밖에 없었다.

"아니 이게 무슨? 내가 읽은 것이 맞는가?"

"……맞는 거 같은데. 이게 말이 되나. 흠……."

"무료 영약 배포? 무림의 안녕을 기원한다? 허 참……."

두 개의 기 안에 적힌 내용이 너무도 터무니없었다.

영약을 무료로 배포하다니? 강호의 안녕을 위해서? 말이 좋지 그게 말이 되는 소리인가?

얼핏 봐서는 말이 되긴 한다.

맹의 무사들이 영약을 먹고 강해지면, 그게 곧 무림의 안녕을 기원하는 일이 될 수도 있었다.

맹이라 해서 악인이 아주 없는 것은 아니겠으나, 그런 악인들이 드러내 놓고 활약하지는 않지 않은가.

겉으로나마 정파인답게 행동을 할 터이니, 무림의 안녕을 비는 행위가 될 수도 있는 것이다. 하지만.

"흐음…… 그런데 저기 저 사람. 아니 저분."

"왜 그런가? 어?"

"신의님이지 않은가. 허어…… 거 참."

아무리 신의인 운현이 하는 일이라고 하더라도 그 내용이 황당한 만큼 선뜻 나서는 이는 아무도 없었다.

"대체 무슨 일일꼬."

"흠. 그래도 그 신의님의 것이라면 효과는 있지 않겠는가?"

"그럴 테지. 어이구…… 모르겠군. 모르겠어."

일단 당장은 감히 나서는 자가 없었다.

운현을 보니 영약의 효과가 믿음직 하기는 하지만, 대체 운현이 무슨 저의로 이런 일을 나선건지는 알 수가 없는 게다.

모두가 주춤거리고 있었다.

그 상황을 운현은 살풋 웃음을 지으면서 살펴보고 있었다.

'예상대로…….'

그라고 해서 바로 무림인들이 움직일 거라 생각은 안 했다. 누가 봐도 당황스러운 어구가 박힌 기이지 않은가.

무림안녕(武林安寧)에

무료영약배포(無料靈藥配布)라니.

운현이 생각해 봐도 얼토당토않은 문구였다.

아무리 중원 곳곳에서 이름이 날린 운현이 벌인 일이라고 하더라도 주춤거릴 수밖에 없었다.

당장 다가오는 자가 없었다.

'그래 봐야…… 시간문제지.'

허나 운현은 당황해하지도, 다급해하지도 않았다.

그저 가만히 여유롭게 기다릴 뿐이었다.

* * *

되레 당황해서 움직이는 쪽은 다른 쪽이었다.

화산파의 우화 진인. 형산파의 왕주선. 무림맹에 파견 나와 있는 두 정파이자, 구파일방의 무인들. 또한 무림맹의 패권을 차지하고자 동분서주했던 그들로서는 운현이 갑작스럽게 드러난 송곳이었다.

지금껏 무림맹과는 전혀 연관이 없던 운현이 아닌가.

그런 그가 얼마 전에 찾아왔다. 모욕을 줄까 하여 접객전을 그리 내어주어도 별말이 없던 운현이었다.

'착각인가?'

'음…….'

형산과 화산. 둘이서 나눠 먹고 있던 무림맹에 평지풍파를 일으킬까 싶었으나, 선의각에만 들어가 틀어박힐 뿐. 다른 움직임이 없었다.

아무리 사람을 보내도 무언가 약을 만든다는 보고만 들려왔을 뿐이다.

'백면서생같이…… 의원일 외에는 별 관심이 없는 건가.'

'허어. 분명 견제를 해야 한다 들었거늘?'

운현이 온다는 소식. 그 움직임에 잔뜩 긴장을 했던 그들로서는 맥이 빠질 지경!

"뭐? 소림이?"

"허어. 제갈가에…… 오대세가들이라."

되레 움직임은 운현이 아닌 다른 이들로부터 나왔다.

그를 따라왔던 일행. 그들이 움직이기 시작했다. 순식간에 움직이더니 모여들었다. 그러곤 세를 불리기 시작했다.

남궁. 제갈. 당가. 이 셋이 시작.

무당에 소림이 합류하고, 그들을 따르는 중소문파들도 속속들이 모여들기 시작했다.

남은 오대세가들도 금방 합류를 할 듯 보였다. 같은 세가로서 묘한 소속감을 가지고 있는 세가들이다. 남은 자들이 합류하는 건 불 보듯 뻔한 일이었다.

지금까지 잠잠했는데 왜 지금 움직인단 말인가!

세력에는 관심이 없던 이들이지 않은가? 두문불출하기만 하던 이들이 왜?

무림맹의 패권을 양분하고 있다고 생각하던 화산이나 형산으로서는 난리가 났다.

"이런!"

"어서 조치를 취해 보게나!"

양분하고 있던 상황에서 제삼의 세력이 등장하는 상황이었다. 난리가 나지 않으면 그게 더 이상했다.

덕분에 운현을 더 신경 쓸 겨를이 없었다.

대신에 소림을 위시하여 움직이고 있는 이들을 신경 쓸 수밖에 없었다.

지금은 은퇴했다고 알려진 당리개.

"흘…… 어디 보자. 여기 무적자가 있다고?"

그가 갑작스레 은거를 깨고 움직이기 시작할 때가 가장 큰 쐐기였다.

"어서 본문에 사람을 보내."

"지원을 받아와라."

운현은 두문불출하고 있을 때에, 이들은 그 어느 때보다 분주히 움직였다.

밤낮을 가리지 않고, 대책을 마련하겠답시고 움직였다. 소림의 움직임에 온 신경이 곤두서 있었다. 거기다가 다른 움직임도 계속됐다.

"뭐? 다시 말해 보게."

"자제들끼리 모임을 갖더군."

무림의 후계자들. 흔히 후기지수라고 불리는 자들. 그들이 근래 들어 바쁘게 움직이기 시작했다.

"문파 후계자들끼리 모임을 갖는 거야 이상한 일은 아니지 않는가?"

본래부터 친분을 다지니, 교류를 갖니 하면서 움직이는 것이야 통상적인 일이지만.

"아니 가만……."

"오대세가 아이들이 바쁘군. 특히. 제갈, 남궁, 당가라?"

"공교롭군."

이제 막 무림맹에 들어서기 시작한 오대세가의 자제들. 특히 운현과 함께 움직이고 있던 그 아이들이 움직이기 시작하는 건 신경이 쓰일 수밖에 없었다.

"어찌 된 건지 알아보게."

"그것이…… 후계자들끼리의 움직임인지라."

"흠…… 일단 본문의 아이들부터 불러 보지."

덕분에 형산과 화산으로서는 몸이 달아올랐다. 문제는 달아올라 움직여도 움직이는 것에 비해서 얻는 것이 없다는 것.

하루가 지날 때마다, 새로이 움직임이 더해지니 어찌 대응을 하는 것도 벅찬 상황이었다.

"허. 이거 참……."

"어찌해야 하나."

형산과 화산. 항상 충돌하던 그들이 같은 처지에 이른 상황.

"공수를 해 보는 건 어떻습니까?"

"헛소리 말게나. 내 못 들은 것으로 하지!"

얼핏 두 세력이 공수를 해야 하지 않는가 하고 말까지 나오는 상황이었다. 단 며칠이라는 시간 만에!

하지만 화산이나 형산의 골이 오죽 깊은가.

다행인지 불행인지, 당장 맹의 두 축을 이루고 있는 화산과 형산이 힘을 합한다는 말은 들려오지 않았다.

문제는 소림을 위시한 오대세가가 계속해서 움직인다는 것. 그에 대응을 하는 것으로도 겨우겨우 따라가고 있는 판국. 신경이 곤두서 있는 판국에.

"뭘 한다고?"

"무림의 안녕을 기원한다며…… 영약을 배포한다고."

"허어…… 그게 무슨 헛소린가?"

"사실이 그렇습니다."

운현이 일을 벌였다.

아직까지 운현을 찾아온 자는 없지만, 운현이 하고 있는 일에 대해서 무림맹 내에 파다하게 소문이 났다.

운현이 벌인 일이니 다른 이들이 모르는 것이 더 이상한 일이었다.

당장 신경이 곤두서 있는 화산이나 형산으로서는 어찌하고 싶지만.

"대체 무슨 짓을 벌이려고? 여기서! 쫓아내게!"

"……그게 되겠습니까. 아시잖습니까. 그 신의입니다. 그렇게 드러내놓고 하기에는……."

"하……."

운현이다. 운현. 그가 움직이는데 제대로 된 명분이 아니고서야 막을 수 있는 자는 몇 없었다.

거기다 운현은 움직이지 않지만, 소림이나 오대세가는 분명 운현의 편이다.

운현은 단지 상징적인 인물일지 모르지만, 운현을 건드렸다가는 소림이나 오대세가가 어떤 명분으로 또 움직일지 알 수 없는 상황이었다.

'어쩔 수가 없구나.'

분명 운현이 무슨 일을 벌이는 터. 신경이 쓰이고, 당장 막아버리고 싶지만 막을 수 없는 상황이다.

그들로서는 속앓이만 할 수밖에 없다.

*　　*　　*

그때에 운현은.

"……믿어도 되는 겁니까?"

"물론입니다."

"정말 영약을 그냥 주신다는 겁니까. 그게 말이……."

"말이 되니 이렇게 있겠지요. 하하."

처음 찾아온 자를 맞이하고 있었다. 그는 미심쩍은 얼굴로 말을 하면서도, 물러나지는 않았다.

운현이 하는 걸 보고 있노라면 의심스럽기는 하나 공짜 영약이라고 하니 회가 동한 것이 분명하다.

"그럼 대체 왜……."

"써 있잖습니까? 무릎 안녕 기원이라고."

"……크흠."

손으로 척 가리킨 깃대에는 분명 무릎 안녕 기원이라 적혀 있었다.

이미 보기는 했지만, 다시금 운현이 가리키자 그 의미가 남다르게 여겨진 건지, 아니면 대체 이게 무슨 개수작인가 하는 건지 한참을 기를 바라본다.

그러곤 침음성을 삼킨다.

자신이 이곳에 오기는 했지만, 대체 이게 무슨 상황인가 하고 정신이 멍한 눈치다.

머릿속 생각을 보자면, 나는 누구? 여긴 어디? 하고 혼란에 빠져 있지 않을까 싶을 정도.

'어차피 정해져 있어.'

하지만 그를 보는 운현에게는 그 어떤 답답함도 보이지 않았다. 이미 답은 정해져 있다는 듯 팔짱을 끼고 있을 뿐이었다.

"주, 주십시오."

눈을 질끈 감고 달라 말하는 사내였다. 아니 무사였다.

이자는 무림맹의 무사.

'이류에 정체돼 있어.'

실력은 이류. 끄트머리에서 일류에 들어서지 못하고 있는 자였다.

내공의 수발이 자유롭지 못해서일 수도 있고, 다른 중소 문파의 무인처럼 내력이 달려서일 수도 있다.

무공의 한계일 수도 있으나, 이류에 한계가 있을 만큼 얕은 무공이었더라면 무림맹의 무사가 되지도 못했을 거다.

설사 얕은 무공이라 하더라도, 이 정도에 들어설 자라면.

'뭐라도 있는 자지.'

길거리에 있는 낭인들보다는 훨씬 가능성이 있는 자다. 그렇지 않았더라면 이 이름 모를 무사는 무림맹에 소속이 되기도 힘들었으리라.

무림맹이 내부적으로는 아무리 내환이 있다고 하더라도,

'무림맹은 무림맹이니까.'

그러니 그가 익힌 무공이 약해서도, 재능이 없어서도 아니다.

단지 경험, 내력, 기회, 시간 같은 외적인 것들이 주어지지 않아서 정체되어 있을 뿐이다.

상대를 가늠하며 운현은, 미리 준비해 주었던 약통 중에 하나를 열어 젖혔다.

"잘 생각했습니다."

알싸한 향이난다.

그 안에는 귀한 금박으로 둘러싸여 있는 영약들이 가득 있었다. 얼핏 보면 금덩어리들이 쌓여 있는 게 아닌가 싶을 정도다.

"보자아…… 이게 좋겠군요."

그중 하나를 툭하니 골랐다.

“서로…… 뭐 다른 겁니까? 약효가 다르다거나…….”

“같은 나무에서 나는 열매라 해도, 값어치는 서로 다르곤 하지요?”

“아아…….”

“이게 가장 좋은 겁니다. 제가 직접 제조하고 고른 것이니 믿어 보시지요.”

손에 툭하고 올려지는 영약.

안 그래도 알싸하던 향이 더욱 가까워진다.

‘진짜다.’

거기다 운현보다는 약하다고 해도 그도 기감이 있는 터. 느껴지는 기감이 보통은 아님을 그도 알아챘다. 손에 쥐어져 있는데 느껴지지 않는 게 더 이상했다.

귀물이란 건 충분히 느껴졌다.

삼키는 것조차 아쉬운 듯 망설인다.

“그 어떤 제약도 없습니다. 조건도 없지요. 숨겨진 것도 없습니다. 드셔 보시지요. 바로.”

“여기서 말입니까?”

“예.”

“허…….”

어이없는 소리다. 이 한가운데서 영약을 먹고 심법을 돌리라니. 누가 봐도 개소리라 할 만하다.

심법을 돌리는 것으로 그가 익힌 비기가 알려진다거나 하는 건 아니지만, 운기를 할 때는 무방비 상태가 된다.

그런데도 여기서 하라고 하니 놀라지 않으면 그게 더 이상했다.

허나 운현은 진정 여기서 하라는 기색이다.

"호법은 걱정 마시지요. 제가 봐드릴 터이니. 어차피 당분간 누가 올 거 같지 않으니."

"……허. 하하. 하……."

무사가 헛웃음까지 흘린다. 하지만 이내 다시 결심이 선 눈빛이었다.

"하기는…… 어차피 제가 여기 온 건 다 알려졌겠지요. 또한, 이 많은 이들 중 해코지를 할 자도 없을 터이니……."

실제로 그들을 구경하려하는 듯 둘러싸고 있는 자가 꽤 됐다. 무사는 그런·자들을 보며 말하고 있는 거였다.

"……무림맹 이류 무사, 창명. 호법을 부탁드리겠습니다."

예를 올리고.

퍼억.

말을 마치자마자 바로 풀썩 바닥에 주저앉는다. 돌바닥이 팍하고 울릴 정도였다.

'아플 정도겠는데. 기세 하나는 최고군. 무공도 나쁘지 않아. 잘 익혔어.'

그런 그를 운현이 바라본다. 그러다.

'약만 가지곤 약하지. 어디 한번…….'

약간의 장난기와 함께, 몇몇 가지의 생각을 가늠하며 창명이라는 무사의 귀에 들릴 만큼 작게 읊조린다.

"무공이 달라도, 결국 내력이란 것은 고름. 한 곳에 파격은 좋지 못하니 이것은 조화를 깨는 일인 터."

운현의 말을 듣는 창명의 인상이 찌푸려진다.

'대체 왜…….'

이제 막 운기에 빠져들기 시작하는 그의 귀에 들리는 운현의 말은 무언가가 담겨 있었다.

못내 무시하기에는, 무거운 내용이었다.

절대 고수로 가기 위한 가르침이라고 하기에는 무리이나.

'나를 위한…… 건가.'

그에게 충분히 도움이 되는 내용의 것이 이어진다. 그러다 이내.

"결국 조화란 것은 그 어떤 무학이라 하더라도, 균형에서부터 시작이지요. 그러니 그 안에 있는 혈이란 것은 좌나 우에만 몰린 것보다는……."

"아……."

계속해서 이어지는 윤현의 설명 중에 하나를 잡아채는 데 성공했다.

균형이니. 조화니 하는 것.

별거 아닌 말. 누구나 아는 말이었다. 하지만 그에게는 지금 막 시의적절한 것이었다.

그의 균형. 어려서부터 익혔던 내공 심법의 답답함. 그중 하나를 긁어주었다. 일찍 여의어 버린 스승 덕에 배우지 못했던 부분 그 하나를 짚어 줬다.

단순함 속에 현기를 담았다.

창명으로서는 기연이나 다름없는 상황!

잔뜩 찌푸려졌던 창명의 얼굴에 평온함이 스며든다. 스며든 평온함이 작은 깨달음으로 이어진다.

단번에 절정으로 갈 만한 그런 깨달음은 아니었다.

하지만 한 명의 이류무사가 나아가야 할 길을 알려주는 이정표로는 충분했다.

한 걸음 더 가도 될지. 이 길이 맞는 것인지. 자신의 무공이 제대로 된 것인지 의문을 갖고 고민하던 무인 하나에게는 가뭄 속 단비가 됐다.

그것은 곧 깨달음. 이어짐. 또한 경지의 상승. 벽의 깨트림이었다.

'……좋군.'

깨달음으로부터 느껴지는 기의 음률이란.

오로지 운현이나 느낄 수 있는 기의 움직임이지만, 그 무엇보다도 아름다웠다.

*　　*　　*

그 음률을 즐긴 지 얼마나 되었을까.

얼마 지나지 않아 창명이 눈을 뜬다. 전에 있던 의심은 전부 지워진 표정이었다. 그 어디에도 의심은 존재치 않았다.

그 대신 자리한 것은 존경심. 전에 없었던 깊은 감정이 보인다.

"……은공."

"아아. 은공이라니요. 그 정도 소리를 들을 정도는 아닙니다. 저는 읊었을 뿐. 그걸 잡아챈 것은 모두 창명. 당신의 덕이지요."

"아닙니다. 그 누가 그런 가르침을 내린답니까. 이 창명, 당장 지금부터……."

"아아. 잠시!"

여기서 더하면 그 뒷말은 뻔했다.

은혜를 갚겠다며, 충성을 맹세할지도 몰랐다. 그도 아니면 당장 무림맹을 때려 치고 의방에 데려가 달라 떼를 쓸지도 몰랐다.

운현으로서는 당황스러운 일이지만, 이미 그런 자들을 수두룩하니 보았다.

'그걸 원한 건 아니지.'

전이라면 모르겠다. 무인이 부족했던 때. 힘이 부족했던 그때라면 충성을 맹세하는 이를 받아들였을지도 몰랐다.

적어도 이자의 눈에는 진심이 담겨 있었으니까.

그 눈빛만큼이나 올곧은 기운을 보고 있노라면, 꽤 기대되는 자였다. 여태까지 이류에 머물러 있는 게 신기할 정도로!

하지만 탐이 나는 자라 해서 지금 그를 데려갈 이유도 없었다. 원하지도 않았다. 그렇기에 말렸다. 말을 막았다.

"처음부터 말했잖습니까. 그 어떤 것도 원하지 않는다고."

"그렇다 해도!"

"절대 안 됩니다. 그 어떤 이유로도 안 됩니다. 은혜를 갚겠다는 것도 안 됩니다. 무슨 생각을 하든 받아들이지 않을 겁니다."

"……제가 부족해서인 겁니까?"

"설마요. 처음부터 말했잖습니까. 무림 안녕 기원을 위해서라고."

"하……."

창명이 단호한 운현의 말에 팍하고 숨을 내쉰다.

그리고 둘은 한참 실랑이를 했다. 하지만 운현의 고집도 알아주는 쇠고집이지 않은가.

온갖 이유를 갖다 붙이며 무슨 수를 써서라도 은혜를 갚으려고 하는 창명이었지만, 그가 항복 선언을 하는 데는 그리 오랜 시간이 걸리지 않았다.

"……그렇담 언제고 부르신다면 달려가겠습니다."

"그럴 때가 온다면 요청토록 하지요."

"꼭입니다. 꼭!"

물론 창명도 고집이 있는 듯, 끝까지 여지를 남기기는 했다.

하나는 은혜를 갚을 방법을 달라 하고, 다른 한쪽은 필요없다며 말리는 재미있는 실랑이였다.

그런 창명에게.

"이거나 하나 더 받아가시지요."

"하나 더입니까……."

기어이 하나 더 쥐어주는 운현이었다.

"예. 처음 오셨으니, 대출혈 덤이라고 해두지요."

"하…… 보통 때라면 찾아도 찾아도 못 얻는 게 영약인데 말입니다."

쉽게 주어진 영약을 묘한 눈으로 바라보는 창명이었다.

"정말 기회를 주시기만 한다면……."

"아아. 됐습니다. 됐어요. 그 말은 그만하지요. 그리고 한참 동안은 과격하게 기운을 돌리지 않는 게 좋을 겁니다. 안착시켜야 하니까요."

"안착 말입니까?"

"그래요. 내력이 많아졌다고 해서 바로 사용해서 좋을 거야 없지요. 갑작스레 담겼으니, 적응을 해야 하는 겁니다."

"……가르침 감사합니다."

"그래요. 그럼…… 자아, 들어가 보시지요. 어서 흡수해야 할 것 아닙니까?"

"예. 은공……."

아쉽다는 듯 운현을 바라보다가 멀어져 가는 창명이었다.

그런 그를 바라보는 시선들이 있었다. 굳이 숨어서 바라보지도 않고 있었다.

아까 전 창명이 처음 올 때부터. 그리고 그 창명이 운현에게 은혜를 갚을 방법을 알려달라고 말할 때부터 바라보던 시선이었다.

'많군. 많아.'

모두가 창명과 비슷한 경지, 같은 무복을 입고 있는 자였다.

무림맹의 무사지만, 거대 문파에서 지원은 받지 못하는 자들. 어찌 어찌 무림맹 무사를 하고 있으나 딱 그 정도.

더 위로 올라갈 곳도, 갑작스레 무공이 강해질 방법도 없는 자들.

그러면서도 정파인으로서의 도리를 지키며, 가장 애쓰고 있는 자들이었다.

이류. 일류. 심할 경우 삼류의 끄트머리에 있는 자도 있었다.

무공이 낮을수록 더욱 궂은일을 하고 있는 자들일 게다.

'어디를 가나…… 가장 낮은 자들이 힘들 때가 많으니…… 쯧.'

전생에서부터 그래 왔다. 씁쓸한 일이지만 그게 현실이다.

지금의 운현으로서도 그 현실을 모두 바꿀 힘은 없으나, 오로지 선의만으로 이들을 대한 것은 아니지만!

아주 조금이라도 힘을 실어줄 수는 있지 않겠는가.

지금껏 여유로운 얼굴만 하고 있던 운현이 기세를 돋웠다.

강맹하게 기세를 올린 건 아니었다. 부드럽되 거대한 기세를 일으켰을 뿐이다. 그리고 그대로 외쳤다.

"뭣들 하십니까."

"……."

그를 가만 바라보고 있는 이들. 위로 올라가고 싶어 하는 자들.

정파의 무사로서 도리를 다하는 자들.

그 사정이야 어찌되었든, 애쓰며 무림맹의 무사 노릇을 하고 있는 자들이며, 사파의 준동에 가장 먼저 달려가야 할 그들을 향해 외쳤다.

"다들 이대로 머무르기만 하는 것은 싫지 않습니까?"

"……."

"……그렇죠."

누군가의 작은 속삭임이 운현의 귀로 들려온다. 운현에게 하는 대답이 아니었다. 자신에게 하는 대답이었다.

이대로만 있고 싶지 않다는 그들의 기원이 어쩐지 크게 느껴진다.

그런 그들에게 운현이 쐐기를 박았다.

"대가도 없습니다. 조건도 없지요. 그러니 오십시오. 지금 당장."

웅혼한 울림. 그 울림에 이끌리듯, 무사들이 다가오기 시작한다.

그들에게.

“이게 좋겠군요. 아니 당신은 이걸 가져가는 게 좋겠습니다.”

기다렸다는 듯 운현이 영약을 나눠 주기 시작한다.

병이 걸린 환자에게 약을 처방하듯이. 기감으로 느끼고 그들에게 최대한 맞는 영약을 골라 나눠준다.

딱 맞지는 않더라도 거의 맞을 그런 영약들이었다.

그걸 하나 하나 나눠주고.

“자, 그럼 운기하시죠.”

“……예!”

무림맹의 무사들을 하나둘씩, 변화시켜 나간다.

더 강하게. 더 높게.

第九章
묶다. 더 꽉

'생각 이상이라 해야 하나.'

성황이었다. 사람은 매일같이 몰려들었고, 나중에 가서는 일행에게 요청하여 도와줄 사람을 찾아야 할 정도였다.

모두가 바빴던 상황. 그런 가운데에서 그나마 도와주는 건 제갈소화였다.

가문에서 전폭적인 지원을 약속받은 덕분인지, 운현과 있어서인지는 몰라도 그녀의 얼굴은 꽤 펴 있었다. 밝았다.

그런 그녀가 와서 도와주니, 뭇 사내들이 더 찾아온 걸지도 모른다. 개중에서는.

"……함상가 함지원이라고 합니다."

"운녕 이가에……."

오대세가는 아니더라도 세가로 이름 꽤나 날리는 곳의 자제들도 찾아왔다.

그들은 운현이 쥐어주는 영약보다는 그 옆에서 그를 돕고 있는 제갈소화에게 시선이 고정되어 있었다.

누가 보더라도.

'제갈 소저 때문에 찾아왔군.'

그들 가문에서 힘을 쓰면 쉬이 구할 만한 영약보다는 제갈소화의 얼굴을 한 번 보기 위해서 찾아온 게 분명해 보이기도 했다.

시선이 고정되어 도무지 떨어질 줄을 몰랐으니 확실하다.

그도 상관은 없기는 했다.

오대세가는 아니더라도 세가는 세가다. 그것도 이름을 날리는 세가이며, 무림맹의 말석이라도 차지할 만한 곳이다.

그런 곳의 공자가 찾아와서 영약을 찾는다는 것은.

'도움이 안 되려야 안 될 수가 없지.'

운현이 하는 일에 도움이 될 수밖에 없었다. 여러모로.

"얼굴에 뭐라도 묻었나요?"

"하하. 설마요."

"그럼 왜……."

"아뇨. 새삼 본 겁니다. 많은 공자분들이 찾아오시지 않습니까. 소저 덕분에요."

"푸훗. 됐어요. 그런 분들이야 지나가는 분들이지요. 아시잖아요?"

"그렇다고 해 둘까요?"

장난기가 도는 운현이었다.

"흐응…… 아니면 여인들처럼 질투라도 하시는 걸까요?"

"어느 쪽이겠습니까."

"……됐어요."

직설적인 운현에 그녀가 못 이기겠다는 듯 물러나기는 하지만, 그 표정이 그리 나쁘지는 않았다.

남몰래, 아니 이제 들어서는 반쯤 드러내놓고서는 운현을 사모하고 있는 제갈소화지 않은가.

그런 그녀로서는 운현의 관심이 기분 나쁠 것은 전혀 없었다.

어쨌거나, 여러 공자들도 찾아오고 성황리에 무사들이 찾아오는 상황.

영약을 먹고 강해지는 자들이 있고, 간간이 운현의 마음에 들어 무공에 대해서 한줄기 조언을 들어서 경지가 높아지는 자들도 나오는 상황이었다.

모든 이들의 시선이 운현에게 쏠리지 않으려야 않을 수가 없었다.

*　　*　　*

그런 상황 속에서.

"크흠…… 그러니까 지금 여기서 보자고 하는 것은 무슨 이유인지요?"

"대의를 이야기하자는 겁니다. 아니. 요즘 대의라는 말은 다른 의미로 쓰이곤 하니, 정파를 위함이라고 해둘까요?"

"무슨 이야긴지 소인은 모르겠습니다만…… 작금 이름을 드높이고 있는 당기재 소협께서 이곳을 찾아오는 게 맞는 일인지 모르겠습니다."

"하하. 왜 아니 됩니까?"

"크흠…… 저희야…… 구파일방이기도 하고. 아무래도……."

"화산에 힘을 실어주고 있었지요. 그거야 윗분들의 결정이지 않습니까."

"그야 그렇습니다만…… 위 어르신들의 말을 따라야 하는 것이 또 도리이지 않습니까."

"자자. 알고 있습니다. 그분들에게 반기를 들라는 이야기도 아니지요. 다만, 차분히 이야기 드릴 부분이 있을 뿐입니다."

"차분히라……?"

걸려들었다.

은근슬쩍 낚싯대를 계속해서 들이미는 당기재의 손에 드디어 하나둘씩 걸려들고 있었다.

'명분이 중요한 거지. 썩기도 썩었고.'

그들에게 드리우는 낚싯대는 당기재의 사욕을 위해서가 아니었다. 누구처럼 악의 없이 순수하게 하는 것도 아니었다.

다만, 앞으로의 무림맹을 위한 밑바탕을 깔기 위한 준비였다.

운현이 모든 시선을 끄는 동안 행하는 조심스런 움직임이랄까.

"자, 오래전에 화산에서 전해지는 말이 있지요. 그것이……."

개방에서 주어지는 정보. 하오문의 하연화가 보태어주는 소식. 그런 여러 가지를 이용하여 낚싯대를 드리우고 그에 걸리는 자들을 모아간다.

"어떻게 그런 일이!"

"그래서는 안 되지요!"

때로는 정말로 정의만을 생각하는 자들도 있었다.

정파의 교육을 받은 이들답게 그런 자들은 생각 이상으로 많았다.

또 때로는.

"크흠…… 그래도 현실이란 것이……."

"저도 돕고는 싶습니다만 힘이 문제입니다. 힘이……."

적당히 현실에 타협을 하며, 시류에 편승한 자들도 있었다. 하지만 그들도 생각이란 게 있었다. 적어도 지금 무엇이 문제인지는 알았다.

"그러니 이야기를 해 보는 거지요."

"그 마음 알지요! 알다마다!"

"그래서 잘해 보자는 것 아니겠습니까."

그런 자들을 하나둘씩 길들이듯 낚고, 달래고, 힘을 실어준다.

당기재뿐만 아니라, 남은 그들 일행 모두가, 자신들의 방식으로 혹은 가르쳐준 방식대로 포섭을 해나간다.

* * *

그 사이. 다른 방식으로 포섭을 하는 자들도 분명 있었으니.

사파의 영역 한가운데.

탁운이 자리를 잡고. 그의 암검대가 멸문지화 시켜 버린

문파도 십수 개가 되는 상황.

십수 문파를 멸문지화 시키고, 덕분에 이권을 얻어 충성을 바친 문파만 십수 개.

그의 수완과 자금으로 그를 따르는 문파가 수십이 되었을 때.

그와 그의 문파 사혈문은 더욱 노골적으로 변했다.

마치 사채업자가 악성 채무자의 돈을 뜯어내듯이, 원한을 가진 자에게 원한을 푼다는 듯이 별의별 수단을 다 사용해 갔다.

압박을 하고, 자금줄을 끊고, 그들 문파에 속한 자들을 빼오고.

같은 사파인끼리도 최소한의 도리라며 행하지 않던 일. 최악의 것들을 자행해 가며 움직이기 시작했다.

뒤는 생각하지 않는 듯 같은 사파인들을 조여 나갔다. 목을 쬤다.

자금이든, 사람이든, 이권이든.

그 무엇이든 상대가 가진 것들을 뺏고 또 뺏어, 상대가 완전히 빈곤 상태에 들어섰을 때.

그로도 모자라다 여기는 듯 암검대와 그를 따르는 무리들이 들이닥쳤다.

초기에 암검대는 모여 다녔으나, 이제는 그럴 필요도 없다는 듯 이백이 죄다 쪼개져 그를 따르는 무리와 함께 움직이고 있었다.

"자호문 문주! 모습을 보이게나!"

약 삼십.

그들이 문파에 들이닥친다.

적은 인원이다. 아무리 빈사상태에 빠진 문파라고 하더라도 이 정도 숫자면 덤벼들 법도 하지만 감히 덤벼드는 자들이 없었다.

눈에 핏발이 서서 살기를 피워 올리지만, 정작 검을 휘두르는 자는 없었다.

안 하는 게 아니라 못 했다. 할 수 있는 자가 없었다.

저들 삼십.

고작해야 삼십이라는 수에 덤벼드는 자들도 다수가 있었으나 결과는 하나같았다. 전부 죽었다.

저들 중에는 절정이 꼭 끼어 있었다.

그래도 어렵사리, 저들 삼십의 인원을 물리친다고 하더라도. 기다렸다는 듯 보복이 들어왔다.

삼십을 넘어 육십. 육십을 넘어 하나의 문파.

탁운이 이끄는 사혈문. 그를 넘어서 사혈맹이 되어 가고 있는 자들이 그를 따라 보복을 해 왔다.

이참에 공을 세워 새로이 생기는 사혈맹에서 한 자리를 차지하겠다는 듯, 욕망을 그득 채우고 들어와 멸문지화를 시켰다.

그러니 이들 중 누구도 덤벼들 수가 없는 것이다.

후에는 몰라도 당장은 덤벼들어 보아야 개죽음을 당할 수밖에 없으니까! 휘두르지 못한다!

다만 목 놓아 외칠 뿐이다.

“차라리 죽여라! 죽이라고! 이쯤하면 되었지 않나. 다 빼어가지 않았는가. 모든 걸! 이제는 봉문밖에 남지 않았는데, 뭘 더 가져가려 하느냐!”

“흐흐. 그럴 거다. 죽여 달라는데 아니 그럴 이유가 있겠는가.”

“……천하의 개새끼들!”

“킥. 너희들도 그리 크지 않았더냐? 같은 사파인을 잡아먹고, 양민을 뭉개고. 이권을 뺏고. 살인멸구를 하고 여기까지 오지 않았더냐?”

암검대 이조의 조장. 그가 한이라도 맺혀 있는 듯 눈이 새빨개져서는 자호문의 문주를 바라본다.

실제 자호문의 문주도 자호문을 키울 때는 여럿 죽이기는 했다. 많은 이들의 뒤를 치기도 했다.

지금 암검대가 하는 방식보다는 못하더라도 그도 죄를 짓기는 지었다.

하지만 적당히 선은 지켰다.

그런데도 이자들은 선이라고 하는 게 없었다. 정말 자호문에 남은 자들을 전부 죽일 기세다.

'죽이겠지.'

아니 정말 죽일 거다.

지금까지 많은 사파문파가 쥐도 새도 모르게 사라졌다. 모두 탁운에게 반기를 드는 이들이었다.

이제는 유명무실해진 사도련에 끝까지 적을 둔 자들이기도 했다.

"퉷. 그래. 그랬지. 하지만, 적어도 최소의 선은 있었다. 모든 걸 빼기만 하지는 않았어."

"개소리! 이미 죽은 자들에게는 그만큼 개소리가 또 있을까."

"같은 일을 하고 있는 주제…… 컥!"

파즉.

자호문 문주의 말은 끝내 이어지지 못했다. 가슴이 꿰뚫렸다. 심장에 가깝다. 순식간이었다. 언제 품에서 검을 빼들었는지, 본 자도 몇 없었다.

"……이. 이!"

"이걸 보라고."

단검을 뽑아든다. 조금은 느슨하게. 죽지는 않을 정도로.

다만 고통은 주면서.

후두둑 피가 떨어진다. 단검에는 문주의 살점들이 묻어 있었다.

"크…… 억."

"왠지 익숙한 단검이지 않나?"

"……그, 그건."

자호문 문주의 눈이 크게 떠진다.

"기억하겠지. 아니, 기억해야만 하지. 그게 네 업이니."

"넌! 대체! 크으…… 쿨럭."

가슴에서 쏟아지는 피에 얼굴이 새하얗게 변하는 문주다. 그리고 그것은 놀람으로 인해 그 정도를 더해 갔다.

푸우욱.

놀란 얼굴을 하고 있는 문주에게 다시 한번 쑤셔 박는다.

"큽."

고통의 절정. 놀람. 회한.

많은 표정과 함께 핏발 선 문주의 눈이 커진다.

"가라고. 확실히."

몸이 축 늘어진다. 완전히 죽어버렸다. 이번엔 심장이었다. 아무리 무인이라도 죽지 않을 수 없다.

가슴이 꿰뚫리고도 그나마 오래 버틴 것도 무공 덕분이었다. 딱 거기까지다.

문주, 아니 이제 축 늘어진 시체는 암검대 이조장이 단검을 심장에서 빼들자마자 핏물과 함께 털썩 쓰러졌다.

후련한 표정을 지은 암검대의 조장은 이미 연 살계를 닫을 생각이 없었다.

“모두 죽여.”

“명!”

같이 온 몇 안 되는 암검대의 조원들. 그들도 조장과 비슷한 후련한 표정을 지으며 검을 빼들기 시작했다.

남은 자호문 문도들로서는 이래 죽으나 저래 죽으나 같은 상황.

어차피 저들이 살계를 열어, 죽을 상황이라면 갈 때 가더라도 같이 죽어야 했다.

“쳐라! 쳐!”

“같이 죽자! 놈들!”

이들도 사파의 무사다. 저승길 길동무 정도는 데려가려는 독기는 있었다.

같이 검을 빼든다.

하지만 검이 휘둘러지면서부터,

“컥…….”

“주, 죽어서도…….”

압도적으로 밀리는 쪽은 자호문의 문파원이 될 수밖에 없었다.

그들 모두, 살기를 피워 올리고 필사의 각오로 덤볐지만 벽이 너무 높았다.

암검대의 무인들은. 한 몸이라도 된 듯 움직였다. 아주 오랜 시간 동안 합을 맞춰 훈련을 해 온 것처럼 그렇게 움직였다.

안 그래도 무공에 격차가 나는데, 그들이 진을 짜서 움직이니 방법이 있으랴.

남은 건 학살밖에는 더 없었다.

콰즉.

목을 쬐고, 팔을 자르고, 다리를 벤다. 그 과정으로 차분하게 살육을 이어나갈 뿐.

"……큿."

자호문의 마지막 문도이자 문주의 하나 남았던 장자. 그가 눈을 감는 것으로 모든 살육극이 끝이 난다.

"모아서 태워버려라."

"명!"

"알겠습니다!"

조장의 명령에 그를 따라온 무인들이 서둘러 움직여 자호문의 흔적들을 지우기 시작한다.

그런 그들의 움직임을 조장과 암검대 조원들은 아까와 같은 후련한 표정과 약간의 살기를 띠고서 바라보고 있을 뿐이었다.

"다음은 어디냐?"

"형주육문입니다. 사이비 교단 출신이지요."

"교단이라…… 킥. 그놈들도 꽤 많은 자들을 망가트리지. 어디 한번 가보자. 궁금하군. 그들은 어찌 나올지."

"미쳐서 달려들겠지요. 광신들 아닙니까."

"우리나 그들이나."

"킥. 그것도 그렇습니다. 가지요."

그들은 문파 하나를 무너트리고도 멈출 줄을 몰랐다. 다음. 또 다음. 피에 굶주린 혈랑처럼 바로 다음을 찾을 뿐이었다.

사파의 문파가 그렇게 하나둘씩 무너진다.

사혈맹.

그들은 정파에게 복수를 한다 하지 않았는가.

전쟁이 벌어질 터.

이런 식으로 움직여서야 같은 사파의 힘을 갉아 먹을 뿐. 아무리 암검대가 강력하다지만, 죽는 자들도 소수 나온다. 그리고 그들이 죽는 것 이상으로 많은 사파인들이 죽어간다.

그런데도 이들은 멈출 줄을 몰랐다.

이런 핏줄기를 사파 영역 곳곳에 뿌리는 것이 목적이라는 듯이.

그저 계속해서 살육을 이어갈 뿐이었다. 마치 원한이 있어, 원한을 갚는 것 외에는 달리 다른 목적이 없다는 듯이.

힘을 갉아가며 사혈맹을 세워 갔다.

이름 그대로 혈(血)을 끊임없이 흘려가면서.

"……보, 복속하겠습니다."

사람을 모았고. 죽였고. 거스르는 자들은 파괴하며, 통합의 속도를 더해 갔다. 점차 속도를 더해 가면서.

그 가운데. 그들에게 명령을 내린 탁운은.

"흠…… 그래. 이번에도 셋이 사라졌단 말이지. 그리고 그들은…… 또 살아오는 건가?"

"뒤져서 오는 거겠지. 알잖나. 죽은 자는 죽은 채로일 뿐이다."

"그도 그렇지. 죽은 자는 죽은 채로라…… 그걸 알면서도 잘도 일을 벌이는군. 당신들은."

"……시끄럽다."

"알아 안다고. 막을 생각도 없어. 다만 약속은 기억해라."

"안다."

"네놈들은 네놈들의 숙원을. 나는 나로서의 자리를 가져갈 뿐이다."

괴인들과 줄다리기를 하며, 새로이 세워져 가는 그만의 왕국.

아직은 무림의 절반도 차지하지 못하는 왕국을 세워가고 있을 뿐이었다. 끝없는 피로 그 위로 올라가겠다는 듯이.

第十章
속도에 속도를!

사파에서 일을 그리 크게 벌이는데 아무리 바보라도 모를 수가 없었다.

처음 암검대가 등장을 했을 때는 눈치를 채지 못하는 자들도 있었으나, 이제는 일이 너무 컸다.

따로 가진 정보조직이 그리 크지 않더라도 소식을 알 정도다.

사파의 영역. 그 안에서 벌어지고 있는 살육극들이 무림에 퍼지는 건 금방이었다.

또한 사혈맹이라고 말을 하면서, 발호하는 그들 조직이 뭉치는 것도 금방이었다.

그들은 그 어느 때보다도 착실히 움직이고 있었다.

사혈맹이 처음 발호할 때까지만 하더라도, 그래 보아야 사파에 새로운 맹이 생기는 것이겠거니, 실패를 하겠거니 여겼던 정파인들로서는 놀랄 만큼 빠른 속도.

당장 무림맹으로서도 그 소식에 움직일 수밖에 없었다. 발등에 불이 떨어진 격이었다.

겉으로나마, 사혈맹을 신경 쓰지 않는 듯하고 있으나 안으로는 분위기가 스산했다. 어찌 대응해야 할지 각 문파끼리 생각을 하느라 분주하기도 했다.

덕분에 운현을 찾아오는 자들이 더 많아졌다.

"……영약을 한 번 더 받아가도 괜찮은 겁니까."

영약을 먹어, 일 푼의 내공이라도 올리고자 온 것이 분명하다.

한 번이라도 검을 더 휘두를 힘. 한 발자국이라도 더 뗄 수 있을 경공. 그 작은 차이로 살고 죽고가 결정될 대전이 일어날 수도 있는 상황이니까.

그런 그들에게 운현은.

"물론입니다."

"가, 감사합니다. 정말 감사합니다."

자신이 밤을 새워가면서 만들어가고 있는, 각의 의원들 중 일부까지 동원하여 만들어 낸 영약들을 그대로 나눠 주었다.

그들도 듣고 보는 것이 있는 터.

무슨 이유에서든 운현이 애써 만든다는 것을 알고 있었다. 그렇기에 또 하나의 목숨 줄이나 다름없는 이 영약은 귀한 거였다. 그 무엇보다 귀한 보물.

"염치 불구하지만…… 받겠습니다. 이 은혜는……."

"전에도 말했습니다만 되었습니다. 하하."

그걸 쉼 없이, 아낌 한 번 없이 운현은 나눠주고 또 나눠주었다. 그것이 마치 그에게 주어진 큰 임무라도 되는 듯이.

그렇게 빠르게 영약아 퍼져 나갔다.

* * *

그 가운데 운현은 상황을 헤아려 갔다.

"빠르군요."

"예. 생각 이상이에요."

낮에는 영약을 나눠주고 밤에는 약을 만들면서도 동시에 일행과 함께 앞으로의 일을 상의하기를 한참.

'때인가. 지금이.'

운현은 슬슬 때가 다가왔음을 알았다.

"이제는 다음으로 넘어가야겠습니다. 무르익은 듯하니."

"예정보다 좀 빠르군요?"

"저들도 빠르게 움직이니 이쪽도 발을 맞춰야 할 듯하니까요."

"이해합니다. 그럼 당장 내일부터 해보도록 하겠습니다."

"부탁드리지요."

"하하. 부탁이라니요. 당연히 해야 할 일 아닙니까. 그럼 맡겨만 주시지요."

다음 계책이 발동됐다.

* * *

회의가 소집됐다.

무림맹의 수뇌 회의도 있지만, 이 회의는 정식회의는 아니었다.

각각의 사람들이 모였다. 화산, 형산을 따르는 자들과 새로이 소림을 중심으로 뭉친 자들.

그들이 모여서 서로 간에 의견을 나눴다.

화산과 형산.

"크흠…… 어찌해야 할지."

"안팎으로 문제구려."

그들의 입장에서는 내부에서 그들이 생각지도 못한 세력

이 생긴 탓에 심경이 복잡한 터.

그런 가운데 육 할 이상의 확률로 실패를 할 거라 여겼던 사혈맹이 만들어지는 데 성공할 듯 보였다.

전에는 실패할 확률이 육 할 이상이었으나 이제는 이 할도 채 되지 않는다. 거의 성공이다.

이대로 사혈맹이 만들어진다면, 사파의 전체 세력은 분명 줄어들긴 할 거다. 그들은 피로 쌓아 올려 맹을 만들고 있다. 바른 방법은 아니다.

하지만 맹이 만들어지는 것은 우후죽순으로 흩어져 있던 사파의 힘이 하나로 결집되는 것이나 다름없다.

작금 사파의 힘이 평화로운 시간 동안 힘을 쌓아 온 무림맹보다 못하다고는 할지라도.

"위험하지 않은가."

"암. 위험하지. 이대로야…… 좋지 못해."

사파는 사파다. 정파에 이어서 무림을 양분한다고 알려진 사파.

비록 그들의 뿌리가 깊지 않고, 무공의 깊이가 정파에 비해선 얕다고 알려졌어도 그들도 무인이다.

설사 그들이 무림맹 세력의 반밖에 안 된다고 하더라도 그들과 전쟁을 벌이면? 그때는 피해가 막심할 수밖에 없다.

막다른 길에 몰린 쥐가 고양이를 물 수도 있는데, 독하기로 유명한 사파인들이 모여서 달려들면 피해가 없을 리가 없지 않은가.

그런 상황에.

"대체 그들의 정체가 뭔가?"

"여러모로 알아보고는 있습니다만 아직은……."

"듣기로 황궁 보고를 털었던 이들과 관련이 있다는 소리도 있던데?"

"낭설이지 않겠습니까?"

"흐음……."

생각지도 못한 암검대라는 자들도 모습을 드러냈다.

전에 없던 세력이었다. 절정이 그리도 많은 세력이 갑작스럽게 등장할 줄 누가 알았겠는가.

모든 움직임. 특히 세력이 움직이는 데는 흔적이 남을 수밖에 없는 터.

하지만 누가 중간에 교란이라도 하는 듯, 암검대의 흔적은 도무지 보이지를 않는다.

안에서 움직이는 소림의 세력도 답답한 터에, 바깥의 눈마저도 꽉 막혔으니 그 답답함이란 속이 꽉 막힐 정도.

"화산은?"

"형산은 어찌 되었나?"

거기다 본래부터 신경을 써야 할 자들이 있었으니, 이들의 속이 끓는 것도 이해가 안 되는 바는 아니었다.

사욕을 추구하며 움직이던 것이 그들을 옥죄고 있었다.

그들과 정반대인 소림.

“암검대라는 자들을 암화로 상정하겠습니다. 움직임이 노골적이군요.”

“옳네. 그게 그들의 방식이지. 어디서 무사들을 그리 찍어내는지 몰라도, 항상 저런 식으로 출현하곤 하지.”

“그들이 무사들을 만들어내는 곳도 곧 밝힐 수 있을 걸세. 꼬리가 길지 않았나.”

“오오. 한 건 하는군?”

“헹. 본래부터 우리 개방이 해오던 일이지 않나. 이제 와서 알아주는 척은.”

“쯧. 하여간에 저 녀석은 고운 말을 해도.”

무적자나 당리개나 혈기왕성하던 소싯적 모습대로 입으로 박투를 벌인다.

처음에는 그 상황에 적응을 못하던 자들도 있었으나, 매일 이렇게 벌어지니 이제는 그러려니 넘긴다.

“시끄럽네. 어쨌건 꼬리는 계속해서 추적하고 있어. 전에 비해서 수월해지기도 했지. 이번만은 잡아야 하지 않는가?”

“알고 있네. 알고 있어.”

게다가 그들은 때가 되면 정리될 줄을 알았다. 목적은 하나.

암화의 박멸.

그 하나를 위해서 명확하게 움직이니 답답할 것도 없었다.

개방을 이용해서 무림의 정보 틀을 잡아내고.

"그나저나 하오문은 소식 없는가?"

"웬걸? 많지. 그게 암화보다는…… 우리 무림맹의 문제인 것이 문제지만."

"큼…… 애당초 일을 벌이지 않았더라면 문제가 될 것도 없었네. 정파인답게 행동했으면 책 잡힐 일도 없었겠지."

"그야 그렇네만. 씁쓸하구먼."

하오문을 통해서 뒷소식을 듣는다.

그들이 주는 소식은 대부분 무림맹의 것이었다. 정파인답지 못한 것, 또한 그리 행동한 자들을 옥죌 정보였다.

앞으로의 일을 위해서 그런 정보들을 모으는 것이긴 하나, 평생을 무림을 위해서 암화와 암투를 벌였던 무적자나 당리개로서는 씁쓸한 일이었다.

그들이 무림을 판으로 두고 암투를 벌일 때, 겉으로는 평화로운 무림맹이 특히 정파인 중에 썩은 자가 그리 많았으니 쓸쓸치 않은 것도 이상했다.

"그들 모두 정리를 할 걸세. 이 걸음은 그 시작이 될 테고."

"그렇지. 좋네. 좋아. 그럼 다음으로 해야 할 것은?"

"신의가 움직이라 했으니. 움직여야겠지."

"흘흘. 그 어린아이의 말을 잘도 듣는군?"

"나이를 넘은 아이니까. 자, 움직이세."

바로 다음 날. 각각이 작금의 상황을 어찌 넘길지 치열하게 회의를 하고 있어야 할 그때. 소림에서 먼저 움직였다.

* * *

무인을 모았다. 무림맹에서 난다 긴다 하는 수뇌들은 전부 모였다.

특별한 임무가 있을 때를 제외하고서는, 항시 무림맹에 적을 두고 있는 자들이 있으니 모이는 데 시간이 오래 걸리지 않았다.

사시(9-11시)가 되기도 전에 성내에 있었던 자들도 전부 모였을 정도다.

상석을 제외하고 전부가 찼다.

맹주는 단 두 해 전에 자신이 이 자리를 맡기 벅차다며 자리를 박차고 나갔었다.

호북에서부터 시작하여, 무림 곳곳에서 일이 벌어지는데

수습을 하지 못한다는 핑계였다.

그가 나서서 움직였더라면 좀 다를지도 몰랐겠지만, 그는 그렇게 물러났다. 그리곤 그대로 자신의 자리로 돌아갔다.

그때는 일종의 무림맹 세대교체가 이뤄지는 것인가 보았지만, 오직 맹주만이 떠났을 뿐이었다.

남은 자들은 형산과 화산의 밑으로 이합집산을 반복하여 사욕을 채워 갔을 뿐이다.

그렇기에 제일 상석은 여전히 빈자리였다.

그 빈자리를 그대로 둔 채로, 형산의 왕주선이 가장 먼서 말을 꺼냄으로써 냉큼 회의의 첫마디를 장식했다.

"큼큼…… 무슨 일로 모이라고 하신 건지 모르겠습니다."

"새로운 안건은 없는 걸로 알고 있습니다만은…… 흠."

질 수 없다는 듯 화산파의 우화 진인도 나선다.

같은 말의 반복이다. 서로가 말 한마디도 질 수 없다는 듯, 한 명이 내뱉으면 또 다른 한 명이 내뱉는다.

괜히 서로의 행동을 책잡기도 하고, 또 때로는 지금 상황을 이해할 수 없다는 듯 설명을 요구한다.

요구의 방향은 이번 회의의 자리를 만들어낸 무적자와 당리개를 향해 있었다.

"세 가지를 말하려고 왔소이다."

"세 가지라…… 많기도 하구려."

"그만큼 시급한 일이니 반드시 해야 할 일이기도 하지요."

"대체 무업니까?"

"하나는 맹주의 자리. 다른 하나는 선의각 각주의 선출. 마지막으로 새로운 검대의 신설!"

"허……."

우화 진인과 왕주선의 얼굴에 놀람이 서린다.

한 번에 하나만 꺼내도 몇날 며칠은 고심해서 정해야 할 것들을 단번에 세 가지나 꺼냈다.

기껏해야 몇몇의 자리를 소림을 위시하여 차지하겠다고 할까 싶었는데 이건, 아예 무림맹의 판을 새로 짜는 것들이었다.

'뭔가 잘못됐다.'

자신들의 생각 이상으로 진행이 된 게 분명하다.

당리개나 무적자. 그리고 그들과 함께하는 오대세가의 무인들 중에는 놀람을 표하는 자가 단 하나도 없었다.

미리 이야기가 되었다는 듯, 침묵을 유지하고 있을 뿐이었다.

'당한 건가.'

이건 소림의 방식이 아니었다.

소림은 본래 무림맹의 대소사에 별달리 관여를 하지 않았다. 설사 관여를 한다고 하더라도 그건 십수 년 전의 일.

그때에도 대부분은 중립적으로 일을 처리해 왔다. 무림의 태산북두로서 중심만을 잡아 왔지 이런 식으로 나서는 경우는 또 처음이었다.

그런데 아주 제대로 치고 들어왔다.

"문제가 있는 것이오?"

기함을 토하고 있는 화산과 형산에게 물어 온다.

우화 진인이나 왕주선 모두 아무런 말을 못 한다. 아니 답할 준비가 되지 않았다. 대응할 시간이 필요했다.

허나 그 시간조차 무적자는 허락지 않았다.

무림을 유람한다 알려졌으나, 사실상 암화와 치열한 암투를 벌이던 무적자였다.

승려로서 살계를 여러 번 열었고, 암화를 처단할 때는 망설임 한 번 없이 손속을 놀렸던 그였다.

모양새는 다르지만 이곳 또한 그에게 있어 전쟁터.

'속전속결이다.'

조금만 머뭇거리면 모습을 감추곤 하는 암화를 상대해 왔던 그답게, 누구보다 빠르게 치고 들어갈 뿐이었다.

"그, 그것이……."

답도 기다리지 않고.

"가장 필요한 것이니, 이상할 것도 없지요. 그러니 어서 처리를 해야 한다고 봅니다."

"그래도 후보라는 것이 중요치 않습니까."

밀어 붙인다.

우화 진인이 이런저런 핑계를 대 보지만, 그 핑계마저도 이미 예상을 했다는 듯 바로 답을 해 온다.

"후보라. 그래서 준비를 해 왔습니다. 개방에서 애를 좀 썼지요. 그리고 굳이 그럴 것도 없이 무림맹 내에도 많은 무사가 있지 않습니까."

"허어……."

"무려 개방입니다. 개방에서의 정보를 토대로 준비를 했지요. 그게 부족하겠습니까?"

"……설마 그러겠습니까."

아예 작정을 했다.

개방의 정보력을 말하면서 우겨오는데 여기서, 아니라고 할 수도 없었다.

개방의 정보력을 의심했다가는, 그걸 핑계로 또 어떤 이야기를 꺼낼지 몰랐다.

'앞뒤가 꽉 막혔군.'

우화 진인으로서는 사방이 가로 막힌 느낌이었다. 왕주선도 마찬가지였다.

'외통수다.'

처음부터 준비를 하고 온 이들은 아주 치밀했다. 빠져나갈 구석 자체를 봉쇄해 놨다.

“자자, 어서 살펴보시지요. 그리고 이 다음으로는 검대의 창립 문제도 있고. 겸사겸사 개편을 하는 것도 좋겠지요.”

“허허.”

개편이라니.

분명 아까는 세 가지라 말해 놓고, 이제는 은근슬쩍 개편이라는 이야기도 꺼낸다.

이건 아주 무림맹을 뒤집겠다는 소리가 아닌가!

형산과 화산이 별의별 수단을 다 동원하여 겨우 만들어낸 무림맹의 판을 다 뒤집겠다는 소리로 들렸다.

‘이런 식인가…….’

잘해야 조금조금씩, 화산과 형산이 그러했듯이 물이 스며들듯 조심스레 움직일 거라 봤는데 이건 완전 전광석화다.

화산과 형산이 반응도 하기 전에, 소림과 개방의 무인을 포함하여 오대세가의 무인들이 주거니 받거니 하면서 회의를 진행한다.

“검대의 이름은 역시 사방신을 따오는 것도 좋겠지요.”

“허허. 그거 좋소이다.”

“다른 것보다는 ……어떤 자들을 차출해야 할지도 봐야겠지요.”

“이번에 신의와 온 자들도 좋지 않겠소이까?”

"그러신다면야 좋지요. 아, 더불어서 새로운 맹주 후보군도 봐야 할 겁니다. 그분들이 받아들이실지도 물어야겠지요."

"허허. 그거야 반쯤은 이야기가 되었소이다."

그 속도가 가면 갈수록 빨라지니, 감히 반응을 하기도 힘들 정도.

'이대로는 당한다.'

'안 돼! 어떻게 여기까지 왔는데!'

사파인들이 욕망을 탐하듯이, 마인이 마에 빠져든 것처럼 집요한 눈을 하고 우화 진인이 포문을 연다.

"그, 그래도 검토란 게……."

"흠 검토라……."

"맞소이다. 오늘 처음 이야기를 들은 자들도 있으니, 시간이 필요치 않겠습니까."

우화 진인의 앙숙이랄 수 있는 왕주선도 그의 편을 든다.

위기감. 그들의 세력으로 재편한 무림맹이 변할 수도 있다는 상황이 그들로 하여금 잠시 힘을 합하게 했다.

허나 이마저도 계산에 있었다는 듯.

"그럼. 그러시지요. 허허."

무적자는 쉬이 받아들여줬다.

"음……."

'허어? 이상한데…….'

마치 방금 전까지 전광석화로 회의를 진행하던 것이 거짓이었다는 듯, 일순간에 모든 무인들이 조용해졌을 정도다.

그렇게 우선 첫날의 회의는 지나갔다.

* * *

"알아보게! 대체 이게 무슨 일이야!"

"허어……."

두 세력은 난리가 났다.

화산은 당장에부터 자신들과 우호적인 세력부터 끌어 모았다. 헌데 그 수가.

"왜 이리 적나."

"……허. 허허……."

전에 비해 반도 되지 않았다.

전에는 사람을 모은다고 하면 정보라도 동냥해 보려 아니면 이권이라도 나눠보려 오는 자가 꽤 많았다.

우화 진인의 말 한마디에 껌뻑 죽던 검파도 다수였다.

그런데 이게 뭔가. 얼마 오지를 않았다. 없어도 너무 없었다.

세가 바뀔 기세가 보이니 오지 않는 거다. 그 동안의 친분은 뭐였는지. 헛웃음이 나올 정도다.

“최대한 모아보게. 동시에 방안도 마련하고!”

“알겠습니다.”

“모을 자들은 더 모아봐. 약속을 해 주면 되지 않겠나. 이 권을!”

“가능할는지…….”

“어서!”

“알겠습니다. 당장 움직입죠.”

그래도 그냥 있을 수는 없었다. 미친 듯이 움직인다.

형산도 마찬가지였다. 그들도 수가 줄었다. 그쪽은 화산보다도 더했다.

“왜 오지 않는가!”

화산이야 같은 검파들끼리 모였다지만, 이쪽은 중소문파를 꽤 흡수를 해서 모인 곳이다.

의선문을 필두로 하여, 중소 문파치고는 굵직한 곳들도 다수 모였었다.

거기다 아주 작은 문파들이지만 무림맹에 똬리를 튼 곳들도 형산에 힘을 실어 줬었다. 정확히는 형산의 적은 지원금에 목 매달며 울며 겨자 먹기로 온 것이기는 했지만 그들의 수는 꽤 됐었다.

그런데 그 수가 지극히 적었다. 이해를 할 수 없는 상황이었다.

'어떻게?'

형산이 지원을 하지 않으면 당장 고꾸라질 문파도 많았다.

형산이 그리 조종했다.

지원금이라는 형식으로 오는 돈을 조절했다. 지원금을 받는 중소문파가 적당히 버틸 수 있을 정도.

그렇다고 해서 성장을 하기에는 애매할 정도로 조절을 했었다.

그 나머지 돈은 그들이 챙겼다!

그렇게 해서 세를 부풀리지 않았는가. 그런데 그런 자들 중 다수가 빠졌다. 이런 경우는 처음이다.

아주 늦은 시간에도 그가 부르면 오곤 했다.

왕주선. 그보다도 나잇줄이 윗줄인 자들도 새벽에라도 부르면 헐레벌떡 달려왔다.

그는 그걸 즐겼었다. 그보다도 윗줄에 있는 자들이 그리 달려오는 그 모습에 묘한 희열까지 느꼈을 정도다.

지원금에 울며 겨자 먹기로 하는 짓인 걸 알지만, 왕주선 그에게는 그게 권력이었다.

그런데 오지를 않다니.

"대체 어떻게 된 건가."

"모르겠습니다."

"지원금은?"

"아직 보내지 않았습니다. 이번 달의 것은 보내기 전이지 않았습니까. 그런데도……."

"허어."

영문을 알 수가 없었다. 지원금이 가지도 않았는데도 그러했다.

대부분이 와야 하는데 오지를 않는다. 의선문과 몇 문파를 제외하고 누오문, 강학파, 요선문 같은 굵직한 곳들의 장로들도 보이지가 않는다.

'사람이 빠졌어.'

그것도 확 빠졌다.

"이게 대체 어찌 된 영문이야!"

"……영약 덕분이겠지요."

답을 해주는 건 왕주선과 같은 형산의 문인이 아닌 의선문의 장로 임적화였다.

중년의 나이를 훨씬 넘겼지만, 머리 끝만 희끗할 뿐. 여느 중년보다 젊어 보이는 자가 그였다. 무공도 절정에 이르러 강력함을 뽐낸 게 예전의 일이다.

세월이 지난 지금에서는 절정을 넘어 그 이상의 어딘가에 도달했다는 말도 있었다.

더는 나이를 먹지 않는 게 그 증거였다.

평소라면 그의 말에 반박을 하지 않겠지만, 지금의 왕주선은 잔뜩 흥분했다.

"고작해야 영약 아닌가! 거기다 영약 하나 얻어먹었다고 빠지기엔 그들에게 걸린 것이 많지 않소!"

"그들에겐 단순한 영약의 수준을 넘었을 겁니다. 게다가……."

"게다가…… 무엇이 걸리오?"

"흐름이란 게 변했지 않습니까. 흐름. 아주 제대로 치고 들어왔습니다. 그곳, 소림이요."

"크흐……."

상황이 이리 돌아갈 줄 누가 알았겠는가.

왕주선이 침음성을 삼킨다.

'이대로는 안 돼.'

그의 머리에 제대로 위기감이 들었다. 어떻게든 이 상황을 벗어나야 한다는 생각으로 머리가 가득 찼다.

'어쩔 수 없나.'

얼마 전이라면 생각도 않았을 것들이 그의 머리로 스쳐 지나간다.

"후우. 일단은……."

심호흡을 가다듬고서, 수습을 하기 위해서 움직이기 시작한다.

분주해졌다. 소림이 움직였던 속도보다도 더욱 빠르게 움직인다. 떨어지고 있는 그들로서는 인정사정 볼 것이 없었다.

사람을 재촉하고, 달래고, 이합집산을 하기를 한참.

"……잡아챘다."

그런 그들을 살피던 눈이 묘한 움직임을 포착하는 데 성공했다.

第十一章
빠른 포착!

포착을 하면 바로 움직여야 할 상황.

결과는 바로 드러났다. 빨랐다.

"멈춰!"

후웅—

손을 휘두른다. 절정의 금나수법이었다. 상대의 연배가 훨씬 많았지만, 당기재는 연배를 뛰어넘는 무력을 갖게 된 지 오래였다.

순식간에 손목을 잡아챈다. 손목을 넘어 팔뚝으로 가고. 그 뒤는 혈을 짚기 시작한다. 몇 개의 혈이 짚이자, 상대의 몸이 굳는다.

아혈만은 남아 외치지만.

"컥…… 이, 이게 무슨 짓이오!"

더 반항을 하기에는 몸이 굳었다.

"내가 누군지 알고!"

"모를 리가 있겠나. 양주소!"

"나를 아는데도!"

그. 의선문의 장로다.

임적화는 아니었다. 다만 그와 같은 연배에 있는 자. 임적화의 사제이기도 한 양주소이었다. 그는 선의각의 부각주이기도 했다.

그를 당기재가 잡아냈다.

"어서 푸시오! 대체 이게!"

"……그나마 점혈만으로 끝낸 걸 다행으로 알아."

"뭐, 뭣! 아무리 당가의 자제라지만…… 어찌 나를! 아니 네놈의 연배에 이런 짓을!"

꼰대처럼. 당연하다는 듯 헛소리를 날리는 양주소에게 다시금 당기재의 손이 훅하고 들어간다.

퍼어억.

타격이 감과 동시에 혈을 내리 찔러버린다.

"으읍! 읍읍읍!"

혈이 봉인되는데 별 수가 있겠는가. 아혈이었다. 양주소의 입이 봉인된다.

동창이 반역도를 대하듯 당기재의 손에는 거침이란 게 없었다.

"이미 다 들켰다고. 당신. 많은 걸 말해야 할 거야."

"읍읍!"

"외부와의 일. 그 기운은 무엇인지. 또한 어디서 그런 힘을 가졌는지도."

"으읍! 읍읍읍!"

말도 안 된다는 듯 소리치려 하지만 닫힌 입은 열리지를 않았다.

봉인된 입은 입의 주인의 말을 따르지 않았다. 의지를 반한다.

"가자."

죄인을 끌고 가듯, 당기재가 양주소를 끌고 간다.

그런 장면이 무림맹 곳곳에서 일어났다.

* * *

당장 의선문이 들고 일어났다. 형산도 같이 들고 섰다. 한 배를 탄 그들로서는 좋든 싫든 같이 움직여야 했다.

이제 와서 끈을 끊기에는 늦었다.

"이게 대체 무슨 일이오!"

"우리 사제가 무슨 짓을 저질렀다고!"

해서 따지러 갔지만. 돌아오는 대답은.

"적이요."

"적은 무슨 적!"

"글쎄요. 사파일 수도 있고. 암중 세력일 수도 있지요. 알지 않습니까? 그들이 꽤 많은 곳에 침투해 있다는 거."

그들. 암화를 말함이다. 마치 금기라도 되는 것처럼 무적자는 암화라는 말을 공적으로는 언급치 않았다.

그래도 형산이나 의선문이나 그 의미를 알아들었다.

그들도 눈과 귀가 있지 않은가. 게다가 최근 그들의 눈과 귀는 소림의 행사에 집중이 되어 있는 터.

모르려야 모를 리가 없다. 애써 모른 척을 해 왔을 뿐이다. 그런데 그들 조직에서도 첩자가 나올 줄이야.

워낙 이곳저곳 스며드는 암화기에 아주 없을 거라고 생각지는 않았지만, 지금 밝혀져서는 안 됐다.

안 그래도 소림이 무림맹을 장악해 가는 상황에 자신들의 문파에서 첩자라니?

명분을 주기에 딱 좋지 않은가!

'최악이다.'

그들로서는 설사 첩자라 해도 아니라 해야 할 판이었다.

해서 따져 보지만,

"그들이 첩자라도 된다는 거요."

"그렇소."

"허어…… 증거는?"

"곧 밝혀질 거외다."

"증거도 없이 그런 거요? 설마 고문이라도……."

"증거는 얻었지요. 다만 제 입으로 밝히길 기다리고 있는 것뿐. 기다리시지요."

"허어! 내 이 일을 본문에 알릴 겁니다!"

"마음대로 하시지요."

어떤 압박을 하든 무적자는 자기 일이 아니라는 듯 그들을 대할 뿐이다.

*　　*　　*

정파인이라도 무인은 무인.

첩자라는 자들에게는 가차가 없는 법이다.

"확실하군요."

"역시 맞지요."

"십 중 십 할입니다."

당기재가 기운을 읽어내고, 운현도 확인을 했다.

그 뒤는 뻔하지 않은가. 기운으로 첩자인 걸 몇 번이고 확인하고는 그 뒤부터 동창에서 그러했듯이 취조에 들어갔다.

그게 정상적인 취조일 리는 없는 터.

사파인들보다는 덜하다지만, 무인인 그들은 가차 없이 정보를 얻어내려 했다.

"아아아악!"

그 비명 소리가 보란 듯이 들려왔다.

이래서는 안 됐다. 절차라는 게 있었고. 의선문과 형산을 봐서라도 이런 식으로 진행돼서는 안 됐다.

그런데도 일사천리였다.

"무슨 문제가 있소? 첩자를 잡아냈을 뿐인데."

너무도 당당하게 나왔다.

본래라면 의선문의 문도이니 의선문에서 처분을 하게 해야 하건만, 이들은 그런 절차도 무시했다.

서로가 적당히 체면을 봐줘야 하는 법인데도, 아예 의선문에서 첩자가 나왔다고 하면서 대대적으로 알리기까지 했다.

그걸 이어서 의선문을 넘어 형산, 화산, 그들을 따르는 문파에서도 차례대로 첩자들이 잡혔다.

그들 모두 양주소와 같은 처지가 됐다.

확인을 받고, 그 뒤는 취조. 단순한 말이지만, 누군가에게는 고통이며 또 다른 누군가는 명성에 먹칠이 될 만한 대우를 받았다.

해서 의선문의 장로를 필두로, 미친 듯이 따져 물어보며 신변을 확보하려 억지로 밀어붙여 보지만.

"이이! 막아! 막으라고!"

"비켜라! 내가 누구라고 막아!"

"안 됩니다. 누구도 통과시키지 말라는 엄명이 있었습니다!"

철벽과 같이 막는 무림맹 무사들만이 있을 뿐이었다.

그들은 소림의 명이자 운현의 부탁을 어떻게든 지켜내겠다는 듯 철벽이 되어 있었다.

"내가 누군 줄 알고오!"

고오오.

형산의 무인들이 기운을 끌어 올리지만, 그마저도 버텨내고 있었다. 이곳을 지키는 것이 그들의 목숨과도 같은 임무라는 듯이.

평소라면 눈도 못 마주칠 자들이, 기세를 돋워 올리는데도 버티니 우화 진인으로서는 기가 찰 지경.

"허어……."

하지만 그게 현실이었다.

그 상황에 어이가 없어, 무력으로 돌파를 해야 하나 싶을 상황에서.

"진인! 진인!"

"음?"

그를 찾는 자가 있었다. 그와 같이하는 자였다. 그로부터 듣게 된 소식은 그가 생각지도 못한 것이었다.

"회의가 소집됐소! 이미 진행이!"

"허?"

그 소림이 어찌 대응을 하기도 전에 바로 다음 수를 들고 나왔다.

*　　*　　*

'이번엔 회의라니!'

계속해서 치고 또 친다. 한 건이 일어나면 그 한 건을 수습키 위해 시간이 필요한데도 저들은 계속해서 일을 일으킨다.

마치 오래전부터 준비를 해 왔다는 것처럼.

'소림이 이랬는가. 아니면 그 무적자가?'

무림을 떠돌기를 좋아한다 알려진 무적자. 그 이유가 있을 거라 생각하는 자들도 있기는 했지만, 항간에 알려지기로 무적자는 그저 유유자적을 추구하는 자다.

그런 자가 나서자마자 이런 식으로 나올 줄이야?

당리개야 정보에 빠삭한 개방의 인물이니 그렇다 쳐도 이건 빨라도 너무 빨랐다.

"그럼 무림맹주의 추대는 전대의 맹주를 찾아보는 것으로 마무리를 합시다. 당장 다른 분들이 고사를 한다면야 어찌 하겠습니까."

"크흠. 그래도 대리는 있어야 하지 않겠습니까?"

"누가 좋겠습니까."

"그거야……."

모두의 시선이 무적자에게 몰릴 때쯤.

'안 돼!'

입으로 튀어 나오려는 안 돼라는 소리를 집어넣으며.

"흠흠. 어찌 회의가 지금 진행된단 말입니까."

우화 진인은 안으로 들어섰다. 형산파의 왕주선도 이제 막 소식을 들었는지 한발 더 뒤늦게 들어왔다.

우화 진인을 바라보는 왕주선의 표정에는

'당신도 몰랐소?'

라는 의미가 담겨 있었다.

그러든지 말든지, 남은 자들은 그들만의 분위기를 이어갔다.

"허허. 늦으셨습니다."

"늦고 말고의 문제가 아니지 않소! 이런 회의가 있다면 미리 부르고 해야 하지 않습니까."

본래라면 우화 진인의 말이 맞다.

회의라 하는 건 미리 알려야 했다. 분명히.

하지만 그들은 그럴듯한 명분이 있었다.

"사파가 준동하고 있지 않습니까. 이런 때에 굼떠서야 되겠습니까. 되는 대로 급히 모았을 뿐입니다."

"하……."

되는대로 급히 모았다. 사파가 준동한다. 급하다.

척 봐서는 제대로 된 명분이다. 하지만 급히 모인 것치고는 꽤 많은 이들이 모였다.

마치 형산과 화산만 모르는 채로 모인 것처럼, 대다수의 무인들이 와 있었다.

여기에 없는 자들이라고 해 봐야 형산이나 화산과 그 행렬을 같이 하는 자들뿐이었다.

쉽게 말해 화산과 형산의 세력을 빼고 다들 모여서 회의가 이뤄졌단 거다.

'말도 안 되는!'

전이라면 상상도 하지 못할 일이다. 하지만 그 일이 실제로 벌어지고 있었다.

우화 진인이나 왕주선이나 모두, 지금 당장 벌어지는 일에 분노하며 얼굴이 붉으락푸르락해지든 말든.

"자자, 이어서 하지요."

두 세력을 쏙 뺀 그들만의 회의는 계속해서 이어져 갔다.

*　　*　　*

"이익!"

열을 내는 것 외에는 달리 수가 없었다. 근래에 들어서는 말하지도 않던.

"무량수불. 무량수불. 하아……."

진언까지 외면서 열을 다스려야 했을 정도였다.

그날. 뒤늦게 온 자들과 더불어서 무림맹의 맹주 대리로 무적자가 되는 것까지는 막는 데 성공했다.

전심전력을 다한 덕분이다. 하지만.

'……검대라니? 되먹지도 않은 이름을 붙였을 따름이지 않은가. 거기다 다음은 선의각 각주라?'

나머지는 막지 못했다.

무림맹의 맹주 대리 자리 외의 것을 그들이 원하는 대로 들어줄 수밖에 없었다.

갑작스럽게 검대가 생겨버렸다. 거기다 나머지 검대와 무력대는 개편을 하겠다고 한다.

그동안 무림맹의 무력대에 자신들의 사람을 심으려고 얼

마나 노력을 했던가.

우화 진인은 물론이고 형산의 왕주선도 애를 써서 집어넣었었다.

총 열 개의 무력대. 그중에서 넷이 화산에 속해 있었고, 셋이 형산의 세력에 속해 있었다. 나머지 셋은 중립인 자들이 찾아갔다.

총 일곱이 그들 둘 세력에 뭉쳐 있었다.

헌데 개편을 하게 되면? 그 모든 것들이 다 엉망으로 흩어진다는 의미였다. 그동안의 노력이 수포로 돌아간다는 의미다.

그들이 그동안 자신들의 세력을 심고자 얼마나 노력을 했는가!

무력대만이 아니다. 얼마나 경쟁을 했는가.

선의각이 의선문의 장로를 각주로 둘 때에, 화산은 재정을 책임지는 자를 자신들의 사람으로 삼았다.

형산이 자신의 세력 사람을 하나 올려놓으면, 화산이 또 다른 곳에 자신들의 사람을 심었다.

그렇게 해서 이권을 가져왔다.

검파를 살린다는 명분으로 많은 곳에 그들 세력의 지부를 두었다. 무림맹에서 재정적 지원을 받았음은 물론이다.

그런데 그게 다 수포로 돌아가게 생겼다.

'이제 시작일 거다.'

무림맹. 그 안에서도 가장 상징적이라 할 수 있으며, 모든 것이기도 한 무력대는 이제 막 시작일 터다.

당장만 하더라도 선의각을 말하지 않았는가.

그 다음은?

재정을 책임지는 곳에서부터 시작하여, 경비를 책임지고 있는 자들도 전부 그들의 세력으로 뒤바꾸려 할지도 몰랐다.

"본파의 사람은 대체 언제 온다고 하는가!"

"곧 온다고는 합니다. 하지만…… 어쩐 일인지, 늦습니다."

"허허."

지원을 바라지만 그 지원마저도 늦는다.

하기는 무리도 아니었다. 본파에서 오는 지원이 늦는 게 아니다.

'저들이 너무 빨라.'

상대를 해야 하는 자들이 전광석화와 다름없이 빠르게 움직일 뿐이었다.

'이걸 어찌해야 하는가.'

고심에 고심을 더한다.

본파의 지원은 없는 상태. 상대는 자신들이 양분한다 여겼던 무림맹의 세력을 죄다 잡아먹은 상황이다.

맹주 대리를 세운 것을 어찌 막았으나. 임시일 뿐이다. 완전히 막아낸 게 아니다.

'시간 문제다.'

이 기세라면 얼마 가지 않아서 다시금 대리를 세우자고 할 수도 있었다.

진인이 조금만 늦었더라면, 당장 맹주 대리 자리가 무적자에게 넘어갔을지도 몰랐다.

말이 대리의 자리이지, 그쯤 되면 맹주나 다름없었다. 그것만은 안 됐다.

'어쩔 수 없는가.'

결국 남은 건 마지막 수단이다.

마음에 들지 않으나 수가 없다. 진인의 눈이 질끈 감긴다. 어쩔 수 없는 선택을 할 때면 하는 습관이었다.

* * *

잠들어야 할 밤.

요란스레 일을 벌여야 할 자에게는 밤이라는 시간도, 움직여야 할 시간이다. 어쩌면 그 어느 때보다 바삐 움직여야 할 시간일지도 몰랐다.

다른 이들이 하루를 마무리해야 할 때에, 그들은 내일을 자신들의 것으로 물들이기 위해 준비를 해야 할 시간일 테니까.

둘이 모였다.

한 명이 요청했고, 다른 하나는 어렵사리 그 요청을 받아들이듯 응했다.

"오셨습니까."

"먼저 와 있었는가."

"제가 어딜 따로 가겠습니까."

둘 모두 좋은 표정은 아니었다. 침묵이 잠시 이어진다. 이야기를 먼저 꺼낸 쪽은 다른 한쪽이었다.

"……이번만은 막아야 하지 않겠나."

"진인. 그게 제 맘대로 되는 일이겠습니까."

"허어. 상황을 아직도 모르겠는가?"

"알지요. 아니까 더 조심히 움직여야 하지 않겠습니까."

"허어……."

한쪽은 여유롭고, 다른 한쪽은 다급해 보인다. 하지만 둘 모두 그 속내를 보면 같았다. 모두 다급했다.

다만 한쪽은 잘 숨겼고, 한쪽은 가감 없이 드러냈을 뿐이었다.

속내를 숨기는 쪽은 왕주선. 드러낸 쪽은 우화 진인이었다.

'이 여우가…….'

'쯧. 끝까지 버티고 봐야 하지 않겠나.'

둘 모두 목적은 결국 같았다. 굳이 길게 시간을 끄는 것은 누가 주도권을 가질 것인지를 정하기 위한 싸움. 이쯤 되면 평상시의 우화 진인은 물러나줬을 게다.

적당히 져줬을지도 몰랐다. 평상시 그의 성격대로라면.

하지만 지금은 아니었다. 궁지에 몰린 상황에서, 마지막 남은 주도권을 형산의 왕주선에게 주고픈 마음은 없는 우화 진인이었다.

"그렇다면야……."

그가 냉큼 몸을 일으켰다.

"허어. 가시는 겁니까."

이번에 놀란 쪽은 왕주선이었다.

평소의 우화 진인이었더라면. 뒤로는 일을 벌이면서도 앞에서는 인자한 척하는 우화 진인이었더라면 좀 더 왕주선을 잡아야 옳았다.

하지만 그는 그러하지 않았다.

'기껏해야 나가는 척이겠지.'

척만 하다 들어오는가 싶었으나, 바깥을 향하는 우화 진인의 걸음은 멈출 줄을 몰랐다.

'어? 어?'

정말 이대로 나갈 기세였다.

덜컥 문이 열린다. 주춤하는 기색도 없다. 발걸음이 멈추지도 않는다.

'망할 늙은이!'

왕주선은 그제서야 우화 진인이 뭘 원하는지를 알았다.

앓느니 죽는다고. 그는 이 상황에서까지 주도권을 뺏기기는 싫은 거다. 주도권을 뺏기느니 장렬하게 산화하는 걸 택하고 있었다.

여기서 그를 잡으면, 곧 주도권은 진인에게 넘어갈 상황인 터.

하지만 궁지에 몰린 왕주선에게는 달리 수가 없었다.

'다른 문파들도 어지간히…… 흔들리는 상황이기도 하니.'

그가 선택할 수 있는 수는 결국 하나다.

"기다리시지요. 우화 진인!"

"……."

한 번으론 안 된다는 건가.

"우화 진인! 서시오!"

"……왜 그러는가? 당장은 급하지 않다 하지 않았는가?"

몇 번이고 더 불러서야 걸음을 멈추는 우화 진인이었다.

'능구렁이…….'

애써 주도권을 가져오려 했으나, 이번은 소용이 없었다. 이쯤해서 물러나 줘야 했다.

왕주선이 슬슬 진인을 달랜다.

"생각해 보니 급한 거 같소이다."

"흐음…… 그렇다면야…… 더 급할 때에 이야기하는 것이 낫지 않겠나."

"정말 그럴 것이오? 여기서 더 간다면 그때는 나도 뒤도 돌아보지 않겠소이다."

"크흠……."

진인이 헛기침을 내뱉고서는 뒤로 돌아온다.

뻔뻔하게도 겸연쩍은 표정 따위는 없었다. 당당했다. 언제 나왔냐는 듯 자신의 자리를 찾아 앉은 진인이었다.

"거 사람 성격하곤…… 여전히 급하구려."

"진인만 하겠습니까."

"됐소. 됐소. 계속 이렇게 빙빙 돌려 말하다가는 화병만 나겠소이다."

손을 휘휘 젓는 진인이었다.

여유롭게 쪼르르 앞에 놓여진 차를 따르고서는, 근엄한 척 표정을 짓는다. 그러곤.

"이제는 좀 이야기할 분위기가 된 듯하오. 얕은수를 쓸 필요도 없이. 바로 본론으로 들어감이 어떻소이까?"

"얕은수는 누가 쓰는 건지 모르겠습니다. 그래도 동의는 합니다. 시간은 없으니 빠르게 본론으로 들어가는 것이 좋음은 말입니다."

"허허……."

"후."

어쩌다 이런 상황에까지 왔을까. 둘 모두 잠시 입에 쓴맛을 느낀다. 그러곤.

"자아, 우선 내일의 안건은 무림맹주 건부터겠지요."

"다른 것들도 있으나 그게 가장 중요한 것 아니겠습니까."

"그럼 그것부터 이야기를 나누지요."

두 여우가 만나, 이야기를 꺼내들기 시작한다.

바로 본론이었으며, 소림을 필두로 한 새로운 세력의 약진을 막기 위한 그들만의 방어전이었다.

과연 그들의 뜻대로만 될는지는.

"만났다 이거지요?"

"예."

"그럼 슬슬 저희도 움직이죠."

그들이 움직이는 사이, 다른 이들도 움직이는 것을 보고 알아야 할 일이었다.

第十二章
무림맹주

설전이고 혈전이었다.

"불가요! 불가!"

처음 시작은 우화 진인의 외침으로부터였다.

안건은 무림맹주. 정확히는 대리를 누가 하느냐가 그 시작이었다.

갑작스럽게 자신의 자리를 놓고 간 덕에 만들어진 공석은 작금의 상황에서는 꽤 매력적인 자리였다.

사혈맹이라는 곳이 만들어지고, 사파와의 일전이 곧 있을 것이 예상되는 지금에서는 가장 중요해 보이는 자리기도 했다.

그렇기에 진인을 포함한 형산의 왕주선도 앞뒤도 재지 않고 나왔다.

'그 자리만은 안 돼!'

말이 대리지 실제 맹주 자리가 될 그 자리만큼은 어떻게든 막을 기세로 나왔다.

거기에 온 힘을 다 썼다.

그것이 상대에게도 먹혔을까?

몇 시진이고 실랑이를 벌이던 소림의 무적자 측에서.

"그렇다면야…… 빈도가 그 자리를 맡기에는 부족해 보이기는 하구려."

한 발 물러나줬다.

'먹혔다.'

몇 시진이고 힘을 뺐으니, 그들이 원하는 대로 움직여 주는 것이 분명하다.

'저들도 화산과 형산의 힘을 본 게다. 그러니 이렇게 물러난 게지.'

그때까지만 하더라도 우화 진인은 자신들의 생각대로 모든 일이 순순히 돌아간다 여겼다.

'좋아 이 기세를 몰자.'

더욱 힘을 끌어 올렸다. 그리곤 차례가 되자 바로 그가 나서 줬다.

"대리의 자리는…… 제가 추천해 보겠소이다."

"누구를 추천하려고 하오?"

"……우화 진인. 그가 되는 게 맞다고 봅니다."

잠시 뜸을 들이긴 했지만, 미리 이야기를 한 대로 왕주선이 나서 줬다.

어제 우화 진인이 주도권을 잡지 않았던가.

"허어. 우화 진인이라."

"예. 오래 무림맹에 있으며 공을 세우신 우화 진인이시지 않습니까. 진인만 한 분도 또 없다 생각합니다."

"공이라……."

"큼……."

그가 애써 주도권을 잡은 건 바로 지금 이 순간을 위해서였다.

점차 막장으로 몰리는 상황에서 맹주 대리의 자리라도 앉고자 했다.

그 자리에만 앉는다면! 소림을 필두로 한 새로운 세력을 견제할 수 있을 거라 여겼다!

'됐다.'

추천도 됐다. 분위기도 무르익고 있다.

화산과 형산에서 데려온 무인들이 적당히 분위기도 만들어 주는 듯하다.

필사적으로 찬성하지 않고, 조용히 침묵을 지키는 것이 꺼림칙하기야 하지만.

'착각이겠지.'

분위기가 당장 열을 올리기엔 애매해서일 거라고, 진인은 그리 여겼다.

*　　*　　*

"공이야 물론 중요합니다만……."

"그걸로도 부족하다고 여기는 겁니까?"

다시금 설왕설래가 오고갔다. 허나 이쯤은 예상을 했던 바다. 진인은 여기서 더 당황하지 않았다. 대신에 왕주선에게 눈짓을 했을 뿐이다.

알아서 상황을 잘 굴리라고.

적은 적이 가장 잘 안다고 하지 않던가. 오랜 시간 서로 숙적으로서 시간을 보내왔던 우화 진인과 왕주선이다.

'늙은이. 탐욕하고는…….'

우화 진인의 눈빛을 읽고 속으론 욕을 대뜸 던지지만, 겉으로는 그 누구보다 우화 진인을 띄워주기 시작하는 왕주선이었다.

"오래전부터 우화 진인을 봐 온 제가 보장합니다. 이 형산의 왕주선이 보장을 한다 이 말입니다."

*　　*　　*

하루가 더 지났다.

'이쯤이면 됐어.'

허나 우화 진인은 어느 때보다 여유가 있어 보였다.

어차피 며칠은 더 갈 안건이었다. 회의가 쉽사리 끝날 거라곤 그도 생각지 않았다.

다만 끝날 때 분위기는 마음에 들었다.

진인과 왕주선. 이 둘이서 분위기를 주도하고 있었다. 처음부터 끝까지.

그렇기에 만족했다. 어차피 이런 식으로 이끌고 들어간다면.

'목적한 바를 성취할 수 있게 되겠지.'

두 여우가 처음 만나 약조를 했듯이 모든 것이 이뤄질 거라 여겼다.

"날고 긴다 하는 소림이지만…… 결국 이런 자리에서는 정치력이 우선이지 않소?"

"암! 그렇지요!"

평상시에는 적으로만 보였던 둘이서 화합까지 도모했을

정도였다.

'든든하구먼.'

적일 때는 눈엣가시였는데, 함께하고 보니 꽤 쓸 만하지 않은가.

이럴 줄 알았더라면, 둘이서 합을 맞춰서 적당히 무림맹을 양분했으면 되지 않았을까 생각이 들 정도였다.

어차피 둘이서 해먹을 거. 적당히 타협해 가면서 해먹었더라면 편히 해먹지 않았을까하는 생각까지 할 정도였다.

"이번에도 잘해 봅시다!"

"아무렴요!"

*　*　*

그렇게 하게 된 두 번째 회의. 어제에 이어 설왕설래가 오고가는가 싶었던 자리는 적당히 시간이 지날 때쯤 결정이 났다.

"그럼 어쩔 수 없겠구려. 이 몸이 물러나겠소이다."

"큼…… 그게 좋겠소이다. 그럼 맹주 대리의 자리는…… 우화 진인이 되는 것으로 보아도 되겠소이까?"

"……."

모두가 침묵을 하는 묘한 자리인 가운데 무림 맹주의 자리가 넘어갔다.

우화 진인에게로.

시끌벅적하지도, 않게 아주 조용하게 넘어왔다.

덕담이라도 할 법도 한데 덕담을 하고자 나서는 자도 없었다.

'흠. 자리라도 따로 마련을 해야 하나.'

본래라면 이런 자리에서는 덕담도 오고가야 하는 법 아니겠나. 그도 아니면 아무리 대리라지만 그 자리가 맹주직인 만큼 최소한의 식이라도 있을 법했다.

그런데 전혀 그런 기색이 보이지 않는다. 그 분위기에 우화 진인이 잠시지만 당황을 할 정도.

"……큼. 이 한 몸을 바쳐 맹의 안녕을 도모해 보겠소이다."

"아무렴요. 잘하실 수 있을 겁니다!"

덕분에 떨떠름하니 대리 자리를 맡았다. 그나마 축하를 해주는 자라고는 왕주선밖에는 없을 정도였다.

'뭔가…….'

아무리 봐도 뭔가 이상했다.

정치력을 총 동원하여. 열을 올리고 나서야 얻은 맹주 대리 자리다. 대행의 자리라고 하지만 그래도 중요한 자리였다.

헌데 모두가 대하는 분위기가 뜨뜻미지근했다.

"평소라면 식이라도 해야겠으나…… 사파가 준동하고 있으니 어쩔 수 없음은 우화 진인도 아실 거라 믿습니다."

"큼. 당연하지요."

식이라도 해 볼까 했지만, 그마저도 무적자의 말에 쏙 들어갔다.

'명분을 싹 가져가 버리는군.'

식을 통해서 자신의 권력을 공고히 하는 수는 시작부터 막혀버렸다.

소림 덕분에 줄어들어 버린 세력을 한번 단속하려 했는데 수포로 돌아간 셈이다.

헌데 이 모든 게 이제 시작일 따름이었다.

"맹주 대리의 자리도 정해졌으니. 이제 다음의 안건도 처리를 하지요."

"허. 다음 안건이라 하심은?"

"검단을 새로이 창설해야 하지 않겠습니까. 기존에 있던 무력대도 정리를 한번 해야지요."

"……이제 막 대리 자리가 정해졌습니다. 그걸 벌써……."

"허허. 벌써라니요. 우화 진인. 아니 맹주 대리. 아시잖습니까? 사파가 준동합니다. 한시가 급한 문제라 이겁니다."

"그야…… 그렇습니다만은……."

번갯불에 콩 구워 먹듯이 바로 다음 안건을 꺼낼 줄 누가 알았으랴.

무적자의 표정을 보고 있노라면, 애당초 무림맹주 자리야 아무래도 상관이 없어 보이는 표정이었다.

'대체…….'

그가 생각지도 못한 어떤 수가 있는 걸까?

우화 진인. 아니 이제는 맹주 대리가 된 그로서도 어어 하는 사이에 회의가 순식간에 진행되어 버렸다.

우화 진인이나 왕주선으로서는 전혀 생각지도 못한 방향으로!

*　　*　　*

회의가 끝이 났다.

"허…… 허허."

"하…… 제대로 당한 거 같습니다."

둘 모두 헛웃음을 삼킬 수밖에 없었다.

제대로 당했다. 정말 제대로.

'이게 뭔가…….'

맹주 대리 자리?

이쯤 되면 저들이 귀찮아서 준 게 아닌가 싶을 정도다.

고작해야 몇 시진 전. 겨우겨우 맹주 대리 자리를 얻을 때까지만 하더라도 해냈구나하는 느낌이었건만!

지금은 그런 느낌은 찾으려야 찾을 수가 없다.

"……다 넘어가버렸구려."

"크흐."

안건 하나에 며칠씩은 잡아먹을 것이라 봤건만. 맹주 대리 안건이 끝나자마자 일사천리였다.

번갯불에 콩 구워먹듯 순식간에 몇 개의 안건이 지나간다.

검대의 창설에 무력대의 재정비는 물론이고. 재정을 담당하는 재정관의 자리까지 몇이서 나눠먹게 됐다.

어어. 하는 사이에 일이 순식간에 진행됐다.

마치 맹주 대리 자리를 놓고 화산이나 형산의 모든 힘이 다 빠지길 기다렸다는 듯한 태도였다.

"자율권 보장이라니. 그게 말이 됩니까."

"명분은 꽤 그럴싸하지 않았소이까. 허허……."

거기다, 그들은 사파가 준동한다는 이유로 맹주 대리의 권한을 오히려 줄였다.

전시가 되면 맹주를 중심으로 똘똘 뭉쳐야 함이 당연한데도, 적당한 명분을 가져왔다.

지난 사파와의 대전에서 무력대의 자율권이 없다 보니, 피해가 더 컸다던가?

어느 정도의 작전권은 있어야 대전을 벌일 때에 피해를 줄일 수 있다는 것이었다.

이는 생각지도 못한 명분이었다. 꽤 그럴싸하기도 했다.

"……전대에서 그리 말했을 줄이야."

"허허……."

거기다 오래 전 사파와의 대전에서 화산 출신의 진인 하나가 나서서 말했다고 한다.

각 무력대에 자율권이 있어야 작전의 수행이 수월하다고, 토씨 하나 틀리지 않고 말했단다.

무림에서, 전대의 발언은 그 의미가 꽤나 깊은 터. 다른 이라면 모를까 우화 진인으로서는 반박을 할 수 없었다.

남은 왕주선으로도 뭘 더 할까. 물러날 수밖에.

그렇게 하나둘씩, 목적을 달성하나 싶었던 두 여우의 팔다리가 꺾였다.

"……허허."

오로지 헛웃음만이 남았다. 모든 게 넘어가 버렸다.

"곡차나 한잔 하는 게 어떻소이까?"

"……곡차라."

"오늘 같은 날은 괜찮겠지요."

완곡히 표현했지만 술은 술.

어차피 마셔야 했으나, 축하주가 아닌 패배의 쓰디쓴 잔이 되어버렸다.

*　*　*

승자를 굳이 나누자면 운현이 있는 무적자의 쪽이다.

"자네의 말대로 되었네. 일단은 그리 되긴 했네만…… 준비한 건 다 써보지도 못했군."

"앓는 소리 하고는."

그들이 그동안 준비한 것을 다 사용치 않고도 원하는 자리를 얻어냈다.

그동안 무림맹을 양분한 자들이었기에 꽤나 준비를 많이 했는데, 이건 싱거울 정도였다.

하지만 운현으로선.

"아직 좀 더 두고 봐야 할 겁니다."

"흠. 그래도 일단 원하는 건 다 얻지 않았는가?"

"분탕이야 치려면 얼마든 칠 수 있는 것이지 않습니까. 당장 선의각만 하더라도 꽤 애먹을 겁니다."

"허허. 그거야 신의 자네가 잘해내겠지."

"아닙니다. 이번에는 좀 더 도와주셔야 할 겁니다. 그게 아니더라도 맡은 게 많지 않습니까."

"그야 그렇네만은……."

선의각의 부각주 자리를 운현이 차지했다.

처음의 안건은 각주를 만드는 것이었으나, 공석이 된 부각주 자리를 차지하는 것으로 정리가 됐다.

운현이 하나만을 맡는 것이 아니기 때문. 새로이 만들어질 무력대의 대주 자리도 운현의 몫이 됐다.

덕분에 부각주 자리가 됐지만, 상관은 없었다. 어차피 겸직이다.

하나로도 힘들 것을 두 가지를 운현이 맡은 상태. 시간이 없기에 욕심을 부렸을 뿐이다.

'의외로 쓸 만한 자가 많지 않아. 쓸 만하다고 하더라도 영입할 시간이 없었고.'

그게 최선이다. 시간을 부족하다 탓할 수도 없으니 최선의 수를 낼 수밖에.

당장 당기재나 명학만 하더라도 재편될 무력대에 들어갈 예정이었다.

그들의 명성이 운현에 비해서 모자라 대주 자리를 차지하지는 못하였다. 잘해야 부대주. 혹은 조장 정도의 자리에 들어갈 예정이다.

그것만으로도 대단한 자리다. 연배를 생각하면, 얼마 지나지 않아 이들이 더 높은 자리에 오를 건 명약관화한 일.

문제는 역시 시간이 없다는 거다.

'그 시간을 땡겨 줘야 할 건 내가 할 일이고. 흠…….'

할 일투성이였다.

그렇기에 당장 목적을 달성했음에 축하하고자 모인 자리에서 운현은 축하에 대한 이야기는 꺼낼 수가 없었다.

그 대신에 바로 앞으로의 것들을 이야기하기 시작했다.

"형님과 당 소협은 앞으로 해야 할 일을 아시겠지요?"

"앞으로 꾸려질 무력대의 사람을 추리면 되는 것 아니더냐?"

"그것으로는 부족하지요. 거기에 자신의 사람까지 얻어야 합니다."

"허어…… 어려운 걸 너무 쉬이 말하는구나?"

"해야 할 일입니다. 빠른 시간 안에요."

"흠……."

사람을 얻으라 말했다. 허나 쉬운 일은 아니다. 그걸 운현은 너무도 당당하게 시켰다.

그에 더해서.

"거기에 약간의 도움은 드릴 겁니다. 무력은 다소 낮더라도 괜찮은 자들을 추리고. 그 자들에게 이걸 주시지요."

영약을 꺼내 들었다.

꺼내든 영약이 가진 의미는 명백했다.

자신의 사람이 될 자에게 영약을 주라는 거다. 다소 낮은 무력도 잠시나마 높여줄 수 있는 것이 영약이니까.

누구나 생각할 수 있는 수이기는 하지만, 사실 실제 실행하기는 어려운 수였다.

운현이나 되니까 하는 수다.

극단적으로 정도를 추구하는 명학으로서는 약간이나마 거부감이 드는 방법이다.

"큼…… 노골적이구나?"

"내 사람이 될 자들은 밀어줘도 되겠지요. 시간이 없습니다. 그러니 달리 방법이 있겠습니까."

"이거 참. 네가 어린 시절에 둘째를 상대로 약 실험을 할 때부터 알아봐야 했는데 말이다. 약으로 다 되는 게 아니거늘."

"그래도 도움이 되는 건 확실하지요. 자자, 움직이시지요. 형님과 당 소협. 둘 모두."

"큿."

명학과 운현. 둘의 이야기에 껴들지 않으면서 조심스레 눈치를 보고 있던 당기재마저 운현이 주목한다.

그러곤 둘에게 영약을 몇 개씩을 건네면서 바로 움직이게끔 재촉을 한다.

그러고도 힘이 남은 건지.

"무적자 어르신도 애를 좀 써주셔야겠습니다. 재정은 당리게 어르신이 맡아주셨으니, 잠시 손이 남지 않습니까?"

"큼…… 나야 대주 하나 맡는 것으로 되지 않겠더냐?"

새로 재편될 무력대.

그중 하나를 무적자가 맡기로 되어 있었다. 그의 연배에 현장에서 뛰는 것이 다소 버거울 수 있음에도 그는 흔쾌히 맡아주었다.

다만 운현은 그걸로도 부족하다 여긴 듯했다.

"대주 자리만으로 되겠습니까. 곁에 있는 대주들을 구슬려주어야 하지 않겠습니까? 새로운 대주들 중에서 가장 연배도 높으신데 말입니다."

"허허……."

"채찍과 당근으로 가시면 됩니다. 적당히 대련으로 상하고하도 나누시고, 영약도 뿌리라 이것이지요."

말이 쉬워 대련이다.

몸으로 뛰라는 소리다. 무력대를 맡을 자들을 무적자가 직접 나서서 상하를 나누라는 소리다.

연배를 생각지 않고 대주 자리를 맡았지만, 대부분 무력대의 대주가 무적자보다는 아래에 있는 자들이 될 거다.

그런 상황에서 대련을 벌이고 상하를 나누라니.

아무리 무적자가 체면을 그리 따지지 않는다지만 이건 좀 심한 감이 있었다.

"……큼. 같은 대주들끼리 고하를 굳이 나눌 필요가 있겠느냐?"

"어르신. 저는 안 그래도 새로운 무력대에다가 선의각도 맡아야 합니다."

허나 운현은 단호했다. 자신이 이쯤 나서서 하는데 뒤로 물러서서야 되겠느냐는 투였다.

어쩌겠는가. 칼자루를 쥔 것은 운현이었다.

무적자로서는 운현을 통해서 어지러워진 무림맹을 바로잡는 정도를 원했던 터다.

딱 그 정도만 해주면 제격이라고 봤거늘.

'……호랑이였어. 호랑이. 쯧.'

운현은 무적자를 넘어서, 이미 무림맹 전체를 휘어잡기 시작하고 있었다.

윗 연배로는 무적자를 이용하고, 그와 비슷한 연배는 당기재를 포함한 오대세가의 자제들을 자연스레 부리고 있었다.

그로 모자라 그의 실력 자체도 무적자와 동급 이상인 것이 분명한 상황.

모르긴 몰라도, 사파의 준동이 시작되고 실제 전투가 벌어지면 그때부터는 운현의 명성이 더욱 오를지도 모를 일이었다.

'후대를 생각하면 좋은 것일지도…… 아직은 지켜봐야겠

지만. 흠.'

무적자의 시선을 아는지 모르는지.

"자자, 그리고 당리개 어르신은 안에서의 지원을 좀 만져 주셔야겠습니다."

"지원을?"

"예. 재정을 가지고 노는 거지요. 우선은……."

운현은 자신의 할 일을 계속해서 해 나갈 뿐이었다.

사람들을 조율하고, 움직여서 무림맹을 차차 장악해 나갔다. 적어도 운현과 함께하는 자들은 자연스레 운현을 따르고 있었다.

'밑바탕은 그렸다.'

운현이 처음 무림맹에 와서 그렸던 밑바탕은 아주 확실하게 그린 셈.

맹주 대리의 자리를 잃은 것이야 신경이 쓰이긴 하지만, 그건 형산과 화산의 최후의 발악으로 봐도 좋았다.

시간이 지나면 지날수록 세력이 커지는 건 무림맹이 될 거다.

'내가 그리 만들 것이니까.'

그를 위한 수단은 여러모로 준비가 된 터.

그 수단을 실제로 부리기 위해서 분주히 움직이는 운현이었다.

第十三章
패권?

"부각주로 임명된 운현이라고 합니다. 잘 부탁드립니다."

"축하드립니다! 하하."

아주 일부. 젊은 의원들이나, 의술을 조금씩 익힌 무인에 가까운 자들은 운현을 환영하고 있었다.

문제는 나머지 다수.

"흠……."

"……."

나이 꽤나 먹은 자들. 의선문에 인연이 닿은 자들. 윗자리에 있는 자들은 모두 운현의 말에 대꾸조차 없었다.

'아주 대놓고 하는군.'

무시다. 그것도 아주 대놓고 하는 무시.

예상했던 바다.

평상시의 운현이었더라면 이자들을 잡으려고 애썼을지도 몰랐다. 지금까지 해 온 방식이 그랬다. 어떻게든 통합하고, 대부분을 데려가려 했다.

인간미 있게 사람들을 대했다.

하지만 지금은 아니었다. 시간이 부족했다. 부족한 시간에 자신을 따라오지 않는 자들을 이끌고 갈 만큼 안일하지는 않았다.

"그럼 이만 물러나지요."

"큼……."

끝까지 헛기침이나 해대는 자들을 두고서 운현은 당당하게 선의각의 회실을 나섰다.

* * *

"보자……."

선의각에는 이미 오래전에 들렀던 바다. 영약을 만들기 위해서 매일같이 찾았던 터. 딱히 안내가 없어도 움직일 수 있다.

부각주실 또한 마찬가지.

미리 봐놓았기에 헛갈릴 것도 없이 바로 안으로 들어섰다.
그 안에는.

"오셨습니까."

정중한 태도로 운현을 기다리고 있는 자가 있었다.

가만 있어도 약내가 풍기는 그자는 누가 봐도 의원이었다. 두툼한 손으로 세밀한 침을 놓는 게 신기한 노릇이지만, 꽤 유명한 자기도 했다.

그의 이름은 한상저.

저 멀리 하남에서 유명한 한저의가의 의생이면서 적통인 장자이기도 했다.

하남의 역병을 치료하던 운현으로서는 한저의가의 현 가주와 인연을 쌓아 뒀다.

깊은 인연은 아니었다. 당시 운현은 역병을 치료할 약을 만들기 바빴고, 환자들을 치료키 위해 움직이는 것으로도 시간이 없었다.

대신에 그 옆에서 그를 지키는 자들은 다수 있었다.

의원으로서, 의식을 가지고 끝까지 역병치료에 나선 자들이 있었다.

그런 자들 중에 하나가 한저의가의 현 가주였다.

당시의 그는.

"……과연 신의입니다. 허허. 말로만 듣던 경지를 넘으셨군요."

"과찬입니다."

"아니요. 아닙니다."

감탄이 어린 얼굴에, 아주 약간의 질시를 가지고 운현을 바라봤었다.

같은 의원으로서 약간의 질시 정도야 이해는 할 수 있는 터였다. 재능의 차이는 때로 질시를 낳곤 했으니까.

문제는 이 질시라 하는 것이 나쁘게 발현할 때다.

한저의가의 가주처럼, 자신의 질시를 되려.

"노력을 해야겠습니다. 옆에서 가르침을 받아도 되겠습니까."

"환자들이 있으니, 깊게는 힘듭니다. 다만 옆에서는 보셔도 됩니다만. 그것으로도 되겠습니까?"

"여부가 있겠습니까! 그것으로도 큰 은혜입니다."

자신을 발전시키는 데 사용했었다.

역병의 치료를 위해 애쓰는 운현. 그의 옆에서 같이 애를 쓰면서 운현의 치료 방식을 하나라도 보고 배우려 했다.

훔쳐 배우는 것으로 보일 수도 있으나 운현도 이미 허락을 하지 않았는가.

그로서는 거리낄 것도 없었다.

가주 자신이 나이가 훨씬 많은데도, 배우는 것이 당연하다는 듯 계속해서 배워 갔다.

"그건 어떻게 하는 겁니까?"

"이건…… 침을 놓을 때에 방식의 차이입니다. 이를 테면……."

운현의 나이가 훨씬 어림에도, 배우는 데 부끄러움이 없었다.

질시를 자신의 발전 동기로 사용하는 그의 눈은 여느 젊은이들보다도 빛났다.

얼마 가지 않아서.

"저는 아래로 움직여야 할 듯합니다. 약을 얻어도 되겠습니까?"

"얼마든지요. 부족하면 동창의 무사들을 통해서 요청을 하셔도 됩니다."

"감사합니다. 은공."

운현이 역병을 치료키 위한 치료약을 만들어 내고, 그 뒤부터는 그도 자신의 한저의가가 있는 현을 향해서 움직였다.

운현과 함께 환자를 치료하는 것도 좋지만, 자신의 가문의 터도 지켜야 하기 때문이었다.

"허허…… 언제고 필요하시면 부르시지요. 그 무엇이든 가능만 하다면 저희 한저의가가 나설 겁니다. 과연 필요할는지는 모르겠습니다만 말입니다. 허허."

"영광으로 알지요."

"그럼 가보겠습니다. 은공."

정말 운현을 은공으로 칭하며 그는 자신의 의가 사람들을 데리고 돌아갔다.

처음부터 끝까지 의원다웠으며, 동창에서 듣기로 그 뒤로도 역병의 환자를 치유코자 솔선수범했다 전해 들었다.

운현만큼 이름을 날리지는 못했을지언정, 그는 제대로 된 의원이었다.

그가 가문이 없었더라면, 책임져야 할 자가 없었다면 운현이 애를 써서 자신의 의명 의방에 모시려고 들었을지도 모를 정도였다.

'그런 자가 많았지.'

의외로 그런 자들이 많았다.

하남에 끝까지 남은 자들. 역병의 치료제도 없으며, 자신도 역병에 당할지도 모름에도 끝까지 남아 환자를 치료하던 의원들이 전부 그랬다.

그들은 실력은 부족할지라도 의식은 전혀 부족함이 없는 의원들이었다.

환자들을 치료하면서 운현은 그런 자들과 인연을 쌓았다.

다들 역병을 치료하는데 애를 쓴 운현을 은공으로 모시기를 주저치 않았다. 환자를 치료해 줄 방법을 마련해 준 운현을 존경했다.

좋은 인연이었다.

그리고 그 인연을 운현은.

'지금 쓸 때지.'

아주 확실하게 자신의 것으로 활용하기 시작했다.

눈앞의 한상저도 그런 운현의 요청을 받아 온 이다.

"하하. 일찍도 나오셨군요?"

"오늘부터지 않습니까. 기다리고 있었습니다. 과연 신의님의 말대로 되는군요."

"운이 좋았지요."

"운이라고 하시기에는 오래전부터 준비를 하시지 않았습니까. 우연이라기에는 공교롭군요?"

"하하. 계획을 잘 세웠다고 하지요."

그는 운현이 요청을 하자마자 바로 찾아왔다.

무림맹 선의각 내에서 그가 쌓은 인맥, 사람들을 아끼지 않았다. 그가 데려올 수 있는 이들. 그를 따르는 자들 모두를 운현의 요청에 모두 운현에게 넘겼다.

한 점의 아낌도 없었다.

"아버님께 들었습니다. 은공께 은혜를 이렇게라도 갚을 수 있다면 이만한 방법도 또 없겠지요."

그 모든 것들은 운현에게 바치다시피 했다.

이곳 무림맹 선의각. 그 안에는 뿌리 깊은 의선문의 인물들이 있었으며, 거의 대부분의 요직은 그들이 차지했다.

하지만 선의각의 모든 사람들이 의선문의 사람은 아니었다.

한상저처럼, 지역에서부터 뿌리 깊게 연관이 되어 무림맹에 온 의원들도 다수였다.

그런 자들이 운현의 인연, 요청을 들어 찾아오기 시작했다.

"흠…… 그렇지요. 아. 하나둘씩 오는군요."

"허허. 일찍도 나오셨습니다."

망설이는 자는 없었다. 그들 모두가 운현의 요청을 들어주었다.

의선문의 의원들이 견제를 할 틈도 없었다.

이들은 본래부터 의선문의 의원들에 붙어 선의각의 자리를 차지하려는 욕심 자체가 없는 자들이었다.

입신양명보다는, 의원으로서 자신들의 의무를 수행하는데 바쁜 자들이었다.

순수한 자들이었으며, 운현의 요청이 없었더라면 선의각에 있으면서 조용히 무림맹을 위해서 봉사했을 자들이다.

그런 자들이 움직이는데 누가 막으랴.

'고마운 일이지.'

그런 자들이 운현의 아래로 속속들이 모여들기 시작했다.

*　　*　　*

모이고 보니 그 수가 꽤 많았다.

선의각은 의선문이 차지했다고 알려진 터. 실제 요직들도 모두 선의각이 가졌다고 알려졌으며, 실제로도 그러했다.

그런데 의선문의 의원들을 제외하고 봐도 운현의 아래로 모여든 자의 수가 많아도 너무 많았다.

'상상 이상인데……'

환자가 있어 움직일 수 없는 자들. 자신의 맡은 일이 있어 움직이지 못하는 자들도 다수인데도 그러했다.

꽤 큼직한 크기를 자랑하는 운현의 부각주실이 그득 차고도 남을 정도였다.

운현이 부각주 자리를 차지하기 이전에 의선문의 양주소가 이곳 부각주실을 마련했던 터.

그의 사치스러운 성격 덕분에 이곳 부각주실이 몇 번이고 증축을 거듭했던 걸 생각하면, 상상 이상의 많은 자들이 모인 셈이다.

"다 찼군요."

"흠…… 이거 참. 바깥에라도 서겠습니다."

한참을 바깥에 서고도 남을 정도였다. 끝도 없었다.

'이렇게 선의각에 사람이 많았나……'

급한 일, 급한 환자를 처리하고 온 자들이 속속들이 도착할수록 사람들이 가득 차기 시작했다.

이대로라면 사람 모으는 것으로 하루가 갈지도 모른다는 과장 어린 생각이 들 정도.

"이쯤해서 이야기를 시작해야겠습니다."

"그러는 게 좋을 듯합니다."

어느덧 운현의 오른쪽을 차지한 한상저가 사람들을 정리해서 배치하기 시작했다. 선의각 내에서도 소속이 갈려 있는 자들을 적당히 정리해서 배치한 것이다.

그 배치가 꽤 그럴 듯했다.

'잘하는데.'

총관 노릇을 해도 잘해내지 않을까 싶을 한상저였다. 재능이 있었다.

덕분에 이야기가 빨라졌다.

"자자. 미리 들은 것은 있으시겠으나, 하나둘씩 정리를 해보지요. 먼저 약재를 맡으신 분들부터 이야기를 합시다."

"무엇이든 하명만 하시지요."

의선문의 사람들이 선의각 요직을 차지하고 있다고 하면, 이들은 실질적으로 선의각에서 일을 담당하는 자들이었다.

그런 자들을 통해서 할 것은 많았다. 또한.

'모든 걸 때려부수는 데도 좋지.'

운현의 마음대로 선의각을 고쳐먹는데도 쓸 만할 게 분명했다.

하나둘씩 명을 내리고, 움직이도록 시킨다. 운현의 명에 따라서.

"바로 움직이겠습니다."

"큼. 준비 하겠습니다. 이 건은 조금 걸릴 듯합니다."

부각주실에 모여든 자들이 움직이기 시작한다.

소림을 필두로 하여, 무림맹 내에서 사람들이 바삐 움직였던 처음처럼 아주 분주했다.

이들이 모두 움직이기 시작했을 때.

'한바탕 소란이 일겠지. 그것 또한 좋아. 한 번에 깨부순다.'

들쑤셔지는 선의각에 운현의 반대 측에 위치하고 있는 자들이 운현을 견제하고자 움직일 터.

그때가 한 번에 정리를 할 때가 될 거다.

* * *

시일이 흘렀다.

많은 시간이 흐를 필요도 없었다. 단 사흘이면 됐다.

"이게 다 무슨 소란인가?"

"부각주님의 명이 있었습니다."

"부각주가?"

"예."

"허허. 명이 있다고 해도 이걸 다 고친다 이건가?"

"안 그래도 해야 할 일이었습니다. 그럼 바로 움직여야 하는지라 먼저 움직이겠습니다."

곳곳에서 선의각이 변화하고 있었다.

어느 곳이든, 허름한 곳이나 혹은 제대로 정비가 안 되는 곳은 많은 터. 그런 곳들을 중심으로 고쳐지고 있었다.

모두 부각주의 명이 있었다는 핑계에서 시작된 것이었다.

"허허……."

"성격이 바른 건지…… 일을 부산스레 처리하는 건지 모르겠습니다그려."

"일단은 두고 봐야겠지. 그래도 옳은 일을 하기는 하는 것이니…… 큼. 말릴 수도 없고 말이지."

현령이 현에 새로 부임을 해도, 이것저것 고치고 정비를 하는 터.

새로이 부임한 자신의 권위를 공고히 하기 위해서라도 이런 일은 비일비재하게 일어나는 터다.

하는 일도 꼬투리를 잡기에는 애매한지라 선의각에 있는 의선문의 사람들, 그들을 따르는 자들은 우선은 지켜보았다.

'좋은 일이긴 하지.'

그들이 보기에 운현은 어차피 오래 무림맹에 머무르지는 못하는 터.

정비를 하게 되면 덕을 보는 것은 자신들이니, 되레 방조하면서 그냥 두자고 하는 자들도 다수였을 정도다.

헌데. 하나둘씩 무언가가 삐걱거리기 시작했다.

약초실.

보통은 이런저런 이름을 가져다 붙이기 마련이지만 무림맹은 따로 이름을 붙이지 않았다. 여러 사람들이 모이니 혼란을 주지 않기 위해서다.

가공 전의 약초가 있는 곳은 약초실이었다. 무림맹에 쓰이는 약재는 전부 이곳에 있다는 것을 생각하면 어마어마한 규모였다.

따로 약초를 정리하고, 나누고, 관리하는 자들만 하더라도 이십이 넘어갈 정도였으니 말은 다하지 않았는가.

그곳 약초실을 담당하는 자의 이름은 중처성이었다.

멀리 곤륜이 있는 청해에서 온 자였다.

그의 가문의 처음 시작은 약초꾼에서부터였다. 후에 약초꾼으로 이름을 날리다가 의술에도 인연이 닿아 의방도 함께 하고 있는 곳이 중처성의 가문이었다.

지역에서는 이름을 드날리는 의방의 자제인 셈이었다.

허나 지방에서 이름을 날리는 곳이 어디 한둘이었던가.

황궁만은 못하더라도 이곳 무림맹에 들어선 자들 중에 지역에서 이름을 날리지 못하는 가문의 자제들은 어디 하나 없었다.

모두가 한 가락씩 하는 인물들이었다.

그러다 보니 중처성은 한직이나 다름없는 약초실의 장이 되었다.

말이 약초장이지, 실제로는 대우가 그리 좋지 못했다. 약초를 관리하고 내주는 것이 업무의 시작이자 끝이다 보니 공을 세우기도 어려웠다.

특히 중처성의 경우에는 성격이 유하지는 못한지라, 아부를 떠는 성격도 못 되는 터였다.

그렇다 보니 의선문에 아부라도 떨어 적당히 한 자리 차지할 것은 생각도 못했다.

계속해서 이곳 한직인 약초실의 장을 맡고 있을 뿐이었다. 묵묵히 자신의 자리를 지키는 자였달까.

그런 그가 오늘만큼은 고집을 부리고 있었다.

약재 요청이 오면 그저 내어주는 것이 이곳 약초실에서 하는 일의 대부분인 터. 그런데 오늘만은 달랐다.

시작은 의상서가 출신인 서주승이 약초를 요청할 때부터였다.

쓰기에 따라 독이 되기도 하는 바꽃에서부터, 갈근, 암초, 진쑥, 야차까지. 그리 대단하다고 할 수는 없는 약재를 몇몇 요청한 서주승이었다.

평상시라면 요청을 한 지 얼마 되지 않아서 잘 포장된 약초를 받아 볼 수 있을 터.

하지만 오늘은 달랐다.

중처성은 약초 대신 손에 붓을 쥐고 있었다. 완고한 표정으로 물었다.

"어디에 쓰실 겁니까?"

"뭣? 약재를 가져가는데 보고를 하라?"

"예."

보고를 하기 전까지는 절대로 약초에 손을 대지 않을 기세였다.

"그게 무슨 소린가? 지금까지 이것을 가져가는데 무슨 보고를 했다고!"

"부각주 님의 명입니다."

중처성은 약초실의 장.

서주승은 의원실에서도 이름을 날리는 자 중에 하나였다. 소위 말하는 끗발이 서주승이 더 높았다.

여기에 더해 서주승은 평소 각주를 포함하여 의선문의 인물들에게 적당히 기름칠도 한 터.

안하무인까지는 아니더라도, 어지간한 것들은 편의를 보았었다.

그런데 그게 턱하니 막혔다. 덕분에 어이가 없다는 표정을 확하니 짓는 서주승이었다.

"허…… 누구의 명이라고?"

"부각주님이십니다."

"부각주가?"

"부각주님이라고 하셔야겠지요. 설마 항명을 하는 겁니까?"

"……그건 아니네만."

"다시 말하지만 부각주님께서는 귀한 약재의 용처를 적으라 말하셨습니다. 설마 사적인 용도로 쓰시려 하신 겁니까?"

"그, 그럴 리가 있겠는가."

서주승이 손사래를 친다.

표정으로 봐선 사적 용도가 맞았다.

'……정력이 안 좋나.'

중처성도 의원인 터. 서주승이 요청한 약재를 적당히 배합

하면 어떤 약이 나올 줄은 알았다.

치료약이라기보다는 보약.

정력을 강화하는 데 딱 좋은 약이 나올 것이 분명했다. 척 봐도 사적 용도다.

내심 짐작은 하지만, 중처성은 표정 하나 변치 않고 물었다.

"안 적으실 겁니까? 어떤 환자를 치료키 위함 입니까?"

"큼…… 크흠. 내 잠시 착각을 한 듯하이. 확인을 좀 하고……."

상황이 이쯤 되니 서주승이 한발 물러선다.

아찔한 표정에 더불어서, 이게 아닌데 하는 생각이 얼굴에 턱하니 쓰여 있었다. 누가 봐도 당황했다.

"그러시군요. 알겠습니다. 약초실은 언제든 열려 있습니다."

그런 서주승을 끝까지 사무적으로 대하는 중처성이었다.

* * *

서주승과 중처성. 약재실에서의 일과 같은 것들이 곳곳에서 일어나기 시작했다.

"허허……."

의선문이나 그들을 따르는 자들로서는 다들 헛웃음을 삼킬 수밖에 없었다.

"관례라고 하는 법이 있는 것인데……."

관례.

흔히 말하는 내부에서 적당히 돌아가는 방식. 그것들을 운현이 완전히 막아버렸다.

약초실의 약초를 적당히 챙겨다가 자신의 사리사욕에 사용하는 자들은 꽤 다수였다.

이를테면 서주승처럼 자신의 부족한 정력을 채우려는 자들도 많았고.

"이거 참…… 앵이가 또 한바탕 삐치겠군."

피부 미용에 좋다는 약재를 이용해서 기생에게 점수를 따고자 하는 자들도 다수였다.

조금 더 뻰뻰한 자들은 자신이 조제하는 것이 아니라, 이미 만들어진 약제를 찾아다가 사적으로 이용하기도 했다.

본래는 하면 안 되는 일이나, 어디 조직이 다 그렇게 돌아가겠는가.

적당히. 의선문이 눈감아주는 정도로만 해 먹으면(?) 알아서들 넘어가 주었다.

실제로 의선문만 하더라도 선의각에 들어오는 약재들을 이용해서 자신들을 위한 영약을 만들기도 하고, 사적으로 이용하기도 한 터.

위에서부터 그리하니 아래쪽에서도 관례라며 적당히(?)들 해먹었다.

그런데 그것을 운현이 완전히 막아 버렸다.

"미꾸라지가 하나 들어오더니 물을 다 흐리는 듯합니다. 허 참. 바깥에서나 신의지. 허허."

"쉬잇! 그건 입 조심하게나. 이미 황궁에서 신의라 인정했지 않은가."

"그래도 황궁은 황궁이고 이곳은 무림맹 아닙니까. 내 황궁의 신민으로서 충성을 다하지 않는 것은 아니나…… 이곳도 이곳의 도리가 있다 이겁니다!"

자연스레 불만이 생기고, 열을 표하는 자들이 있는 것도 당연했다.

서주승은 무슨 이유에서인지, 전날 부인에게 바가지가 잔뜩 긁혀 와서는 그 누구보다 열을 더 올렸을 정도였다.

하지만 운현이 하는 일들 중 대의명분에서 어긋나는 것은 하나도 없는 터.

따지려야 따지기가 애매했다. 명분이 운현에게 있었다.

그렇다고 그들이 반성을 하랴.

"두고 봅시다."

"이거 어떻게든 꼬투리만 잡고 봅시다."

"허. 이럴 게 아니라 각주님과 한번 상의도……."

"각주님도 근래 바쁘시지 않습니까. 이거 참……."

눈에 불을 켜고서 운현의 책을 잡으려 움직이기 시작하는 그들이었다.

그리고 그런 그들이.

'어서 움직여라. 생각보다 느리다고.'

어서 움직이길 운현은 누구보다 기다렸다. 삿되게 움직이길 운현은 그 누구보다 바랐다.

일망타진을 하기 위해서!

'준비는 충분해.'

第十四章
사적 사용?

관례에 따라 움직이는 자들. 말이 관례이지 자기 멋대로 움직이는 자들을 운현이 묶어 두었다. 각주가 있다고 하지만 부각주의 권한으로도 그 정도는 충분히 됐다.

'명분을 쥐고 있으니까.'

이런 일에선 명분이 중요한 법이다. 특히나 무림맹같이 여러 출신들이 모여 있는 곳은 생각 이상으로 명분이란 게 그럴 듯하게 작동한다.

운현이 잘못을 저지른다면 모를까. 그때까지는 저들도 움직이기 힘들다.

"이건 일단은 약초실로 나르지요."

"알겠습니다."

"기록은 빼먹지 마시구요."

"여부가 있겠습니까."

운현은 약재들을 나르면서도 꼼꼼히 기록하는 걸 잊지 않았다.

그들에게 책잡히지 않기 위해서였다. 준비는 다 했다 하더라도 똑같이 책을 잡혀서야 원하는 대로 움직일 수가 없다.

철저히 움직였다.

그를 따르는 이들 중 하나. 어느새부턴가 운현의 수족처럼 움직이는 중처성도 그런 운현의 뜻을 알았다.

본래 꼬장꼬장한 성격을 가진 그답게 운현이 생각지 못한 부분까지 꼼꼼하게 챙겼다.

대신 그도 어쩔 수 없이 아이처럼 변할 때가 있었다.

"똑같은 걸 만드실 거지요?"

"예. 영약이죠."

"그렇게 영약을 만들어 내실 줄은 몰랐습니다. 덕분에 많이 배웠습니다. 하하."

"잔재주일 뿐이지요."

"잔재주라니요! 말도 안 되는 소립니다! 정말 개안을 했습니다. 개안을!"

약. 의학에 관한 것들을 이야기할 때면, 꼬장꼬장하기만 하던 그도 어느샌가 아이 같은 표정을 지어버린다.

새로운 것을 배우는 것이 정말 기쁘다는 듯이.

이걸 이용해서 환자들을 치료하게 되면 느낄 뿌듯함을 지금 미리 느끼겠다는 듯 해맑아진다.

'진짜 의원이어서겠지.'

상황에 따라서, 자신의 명예 혹은 입신양명을 위해서라기보단 순수하게 의원으로서의 열의를 가진 덕분이리라.

중처성 그가 해맑은 표정을 지을 때면, 괜스레 운현도 뿌듯함에 미소가 지어지곤 했다.

약초실의 장인 중처성도 밝으며 운현도 밝은 상태.

"자자. 빠르게 움직이자고."

"어이쿠. 많기도 하구려."

상급자들인 그들이 일을 즐겨하는데 분위기가 나쁠 것이 뭣 있겠는가.

약초의 진한 향이 가득한 가운데 화기애애한 분위기도 약초실에 같이 녹아든다. 좋은 분위기였다.

문제는 이런 분위기를 망치는 자들이 항상 등장하는 법.

'시간 한번 묘하게 골랐군.'

운현은 그들이 등장키 전에 먼저 기감으로 느꼈다.

"신의님?"

"객이 오겠습니다."

"아."

약초실에 있던 자들은 모두 눈치껏 챙겨들고 있던 약초를 언치에 내려 놓았다. 그러자마자.

"부각주. 있는가?"

"각주를 뵙습니다."

선의각 각주 박한춘.

운현과 호북에서 악연이 있었던 침주선의 안영과 같은 연배였다. 그 또한 의선문의 장로이면서 선의각의 각주였다.

부각주는 양주소이고 각주는 박한춘. 둘 모두 의선문 출신이니 선의각이 어찌 돌아갔는지 대충 알 만하지 않는가.

운현이 오기 이전까지 실세라면 실세였다.

적당히 해먹을 줄 알았고, 자신들에게 아부를 하는 자에게 적당히 베풀 줄도 알았다.

근래 들어 운현이 선의각의 정리를 명분 삼아, 손발을 묶은 덕분에 체면이 말이 아니게 된 게 지금의 각주기도 했다.

자연스레 그가 운현을 바라보는 표정은 곱지 않았다. 운현이 예를 올렸음에도 흡사 원수라도 대하는 태도였다.

'예상대로. 그나저나 꼬투리 잡을 것이 있었나.'

그가 이러는 건 예상 범위 내였다.

문제는 대체 그가 운현에게 어떤 꼬투리를 잡았느냐는 거였다.

안 그래도 운현이 부각주가 되고 두문불출했던 그다. 운현에게 꼬투리라도 잡힐까 조심스레 움직였다.

그런 그가 나섰으니 무언가 운현에게 트집거리를 잡아냈음은 분명하다.

그가 주변을 날카로이 살핀다.

"흠…… 약초를 가져가는 중인가?"

"예. 기록은 전부 했습니다."

"했겠지. 헌데 그 사용처가 뭔가?"

"영약의 제조입니다."

"영약이라…… 그건 알겠네. 얼핏 봐도 영약에 들어가는 것들이니."

각주가 쓴 약초 끝을 살짝 씹으며, 인상을 팍하고 찡그린다. 그대로 표정을 바꾸지 않고 찡그린 채로 운현을 바라본다.

"문제는 그걸 누굴 주냐 이걸세."

"새로이 만들어진 검대에 줄 예정입니다. 대원들에게 말입니다."

"흠. 새로이 만들어진 검대라…… 그곳의 검주가 될 예정이기도 하지 않은가?"

"맞습니다."

운현이 선의각의 부각주이자, 동시에 새로이 만들어질 검대의 검주가 될 예정인 건 사실이다.

이미 정해진 바다. 겸직이었으니까. 그도 아는 게 이상치는 않았다.

“그럼 이건 사적 용도 아닌가?”

“무슨 소리입니까?”

운현이 나서기도 전에 중처성이 먼저 나선다. 어이가 없어서이리라.

그의 표정에도 여실히 어이없음이 담겨 있었다.

“새로운 검대의 검주. 그러다 보니 영약이 필요로 하긴 했겠지. 자신이 활동할 검대의 편의를 위해서. 아닌가?”

“흠…….”

꽤 그럴싸하지 않은가.

‘개소리도 참신하게 늘어놓을 줄 아는군.’

명분이라고 하는 것이 귀에 걸면 귀걸이, 코에 걸면 코걸이라지만 겉으로 그럴싸하게 만드는 건 꽤 힘든 일이었다.

그런 것치고는 이 각주라는 양반은 잘도 명분을 만들어냈다.

‘사적 사용이라니…….’

전생에서 몇 번 들어 봤던 이야기 아닌가.

자신이 들을 줄은 상상도 못 했건만, 이런 식으로 듣게 됐다.

'재밌군.'

상상 이상으로 재밌게 왔다.

없던 흥미가 생길 지경. 다만 옆에 있는 중처성은 꽤나 당황한 데다가 다급하기까지 한지,

"부각주님. 무슨 말이라도 해보시지요. 이게 사적 사용이라니요. 허 참. 이게 무슨…… 각주님. 이런 경우는 예로부터……."

평상시면 조용하기만 하던 그가 입을 나불나불대면서까지 운현을 대신하여 변호했다.

"자네는 가만 있게나."

"각주님!"

"허어. 자네는 가만 있으래도. 지금 하극상이라도 벌이자는 것인가?"

"……."

계급이 깡패라고 그마저도 실패했다.

운현은 그런 그에게 눈짓과 함께.

[물러나시지요.]

전음을 같이 보냈다.

중처성이 순간 놀란 표정을 짓다가, 이내 운현의 목소리라는 걸 깨달았는지 금세 조용해졌다.

그래도 열이 가시지는 않았는지 씩씩대며 숨을 내쉬는 기

색이 여간 사나웠다.

그러거나 말거나 각주는.

"큼……."

운현이 무슨 말을 하든 나뭇조각 부수듯 격파를 해낼 자신이 있다는 듯, 턱을 치켜들고 오만하게 바라볼 뿐이었다.

"……그럼 물러납니다."

얼마 가지 않아 중처성을 비롯하여 약초실에서 일하는 이들 모두가 빠져 나갔다.

쿵쿵 대면서 나가는 기색이 다들 말로 표현은 못 했어도 중처성과 같은 마음인 것이 분명했다.

그 기색을 각주라고 해서 느끼지 못할 리가 있겠는가.

저들이 무슨 이유에서 화가 났는지는 다 알 거다. 그런데도 여전히 오만했다. 신경도 쓰지 않는다는 듯이.

'뻔뻔하군.'

뻔뻔해야 저런 높은 자리에 올라갈 수 있나 싶을 정도로 철판이 두꺼웠다.

*　*　*

'깨 주지.'

그 두꺼운 철판이 된 면상을 운현은 빙긋 웃으며 바라봤다.

"사적 사용이라……."

"그래. 사적 사용 아닌가. 검대에 영약을 주는 것은 결국 검주로서 자네의 영향력을 올리기 위한……."

"호오. 그거 꽤 말은 그럴싸하군요."

"뭐, 뭣?"

놀리는 듯한 운현의 말투에 그의 오만한 표정이 약간이나마 금이 간다.

"그럴싸가 아니라 그런 것 아닌가. 이것이 다 그런 내용 아닌가! 게다가 무림안녕기원이라 하면서 만들어낸 영약들도 이곳 약초실에서 나온 것 아닌가?"

"일부 그렇기는 하지요."

"일부치고는 많지. 그때야 부각주가 되기 이전이었다고 하지만, 사적 사용이긴 하잖은가."

"흠……."

운현이 가만 있자 기세가 올라간다. 다시금 오만한 철판을 깔고서는.

"말을 해보게나!"

이제는 따지기까지 한다. 당당했다. 슬금슬금 웃기까지 했다. 비웃음이었다.

'빠져나갈 구석이 없겠지. 이제 이걸로……'

운현을 명분으로 옭아맸다고 여기는 듯했다.

'애송이. 너 같은 애송이는 예전부터 수십은 상대했다.'

나이를 먹어가며 쌓아온 것이 의술이 아니라 정치력인 그였다.

운현이 명분으로 나서지 않았는가. 운현의 무기인 명분을 잡고서 운현을 옭아매려 하는 게 척하니 보였다.

명분에는 명분으로 운현을 무너트려, 다시금 자신의 식대로 선의각을 돌리려는 게 훤히 보였다.

그로서는 지금 당장의 상황이 구부능선은 지난 것으로 보이는 듯했다.

'확실히 그럴싸하게 말은 잘해.'

운현이 보기에도 말을 더해 보라며 따져드는 각주의 모습은 꽤 그럴싸했다.

사연을 모르는 자가 본다면야 각주가 정의의 사도이고, 운현이 무슨 큰 죄라도 지은 듯한 분위기였다.

"더 말을 해 보게나. 말을."

"사적 사용이라고 하면 저도 할 말이 많긴 합니다만은……."

"허어? 할 말이 많아? 그게 할 말인가! 응? 자네, 지금 자네가 말하는 명분이라고 하는 것이 말일세!"

더 틈을 주지 않겠다는 듯 각주가 몰아붙이기까지 한다.

아주 신났다. 이야기가 쉼이 없다.

전에 없던 꼰대 정신까지 부리면서, 운현을 쏘아붙인다. 쏘아붙이는 일에 중독이라도 됐는지 운현의 표정이 점점 더 굳어가는 걸 알지 못했다.

"나 때는 그러지 않았네. 이거, 이거. 어디서 부각주가 나쁜 것만 배웠구먼. 사적 사용이라고 하는……."

"……그만."

"뭣?! 그만? 자네 미쳤는가?"

"그만하라고 했소."

"허. 했소?"

"더 이어지면 그 뒤는 어찌 나갈지 모르오. 후우……."

고오오.

기운을 끌어 올리는 운현에게 찔끔 당황을 한다. 그러다가 자신보다 훨씬 아랫줄에 있는 운현에게 찔끔했다는 것이 다시금 열이 받았는지.

"내! 내! 자네가 이러는 걸 상부에 보고를 올려서!"

더 크게 소리친다.

운현은 그런 각주를 무시하고선 품에서 가지고 다니던 것 중 하나를 꺼내들었다.

봉투였다. 안에 들어 있는 것이 많은지 꽤 두툼했다. 봉투의 앞부분에는 각주라고 정확히 새겨져 있었다.

"보자아……."

"보긴 뭘 본다고!"

각주가 열 받아 하거나 말거나 운현은 두툼한 종이 더미를 곱게 폈다. 처음에서부터 끝까지 빼곡하니 내용이 가득 채워져 있었다. 읊기 시작했다.

"경칩. 춘서관 앵화. 장복환 열 알."

"……뭐?"

"춘분. 다시 앵화. 청명에 들어서는 달라졌군요. 앵화 옆에 있던 춘영에게 화성환 두 알이라…… 다시 망종에 이르러서는 앵화로군요."

"……."

각주의 눈이 시커메진다. 운현이 읊는 것이 지속될수록 더더욱! 계속해서!

"흠. 그 뒤에 또 보자. 같은 의선문 장로에게 영약 두 알. 종류는 미상. 대신 그때 가져간 약초가 보자. 어이쿠. 무림맹에서 귀하게 들여 온 산삼이 들어있군요. 그게 시작이고…… 흠."

"……자, 자네."

손을 꼭 잡으려 하지만. 운현이 쉽사리 피한다. 계속해서 입으로는 읊을 뿐이었다.

"이게 대체 어디서…… 아니 어떻게?"

죽을상이 된다.

'어떻게!?'

머리로는 어떻게 어떻게 하는 생각만이 가득 찼을 뿐이다. 명분이니 뭐니 운현을 윽박지르던 각주는 이미 온 데 간 데 없었다. 알려져서는 안 되는 것들이 들리고 있었다.

기루야 그렇다 치자. 같은 의선문의 사제나 사형들에게 약을 건넨 건 어찌 알았단 말인가. 그에 쓰인 약재들은?

언제 또 정리를 한 것인가? 그럴 시간이 있었나. 그러기에는 너무 짧았다. 어쩌면.

'처음부터…… 허……허…….'

운현이 이 안에 들어섰을 때부터, 아니 들어서기 이전부터 준비가 되어 있었을지도 몰랐다.

굳이 지금이 아니라도 운현은 언제든 자신의 목을 죌 준비가 되어 있었던 게 분명하다. 그렇지 않고서야 저 방대한 양이 준비되어 있을 리가 없었다.

'……많구나.'

티도 안 날 만큼 조금, 조금씩 적당히 했다 생각했다.

근데 바늘 도둑이 소 도둑 된다고, 저리 모아놓고 보니 상당한 양이다. 자신이 봐도 저 정도 양이라면 빠져나갈 구멍도 정상 참작의 여지도 없었다.

"허……."

헛웃음이 절로 비어져 나오는 각주였다.

그런 각주를 두고 한참을 읊어대던 운현의 목소리가 딱하고 멎었다. 각주로서는 꿈에도 바라던 멎음이었으나, 그는 그걸 느낄 새도 없었다. 각주의 정신은 이미 멍했다. 더 이상 대화가 이어지지도, 생각이 전해지지도 않을 상태였다.

운현은 그런 그를 가만 기다려줬다.

방금 전. 이곳의 다른 이들이 나서기 전까지만 하더라도 승리에 젖어 있던 쪽은 각주였다.

하지만 지금은 누가 봐도 명백하게 운현의 쪽이었다.

명분에는 명분으로.

명분으로서 운현을 억누르려고 하던 각주의 얼굴을 그가 그동안 저지른 비리로 엎어버렸다.

운현을 애송이로 여기던 자만의 대가를 톡톡히 받고 있었다.

"허…… 허허."

허무하게 웃기도 하고, 낯빛이 납색이 되기도 하고. 몸을 부르르 떨기까지 한다.

그러다 결심하듯 뒤 늦게 각주의 입이 열렸다.

"……내가 뭘 하면 되겠는가?"

완벽한 항복 선언이었다.

고작 사흘. 그 시간 만에 각주를 고꾸라트렸다.

第十五章
재정비

운현은 당당하게 요구했다. 승자로서.

"물러나셔야지요."

"……그거면 되겠는가."

"설마요. 세상이 그리 호락호락하지 않은 법입니다. 물러남은 물론이고. 수습도 하셔야 하지 않겠습니까."

"허허…… 그렇게까지……."

잠시. 대화가 통하는 듯하니 기어오르려고 하는 각주다. 그런 각주에게 운현이 슬그머니 품에 담으려던 종이 더미를 내민다.

"이건 일부입니다. 고작해야 일 년이 조금 넘는 분량이지요. 듣기로 각주를 하신 지가 벌써 오 년이 지났다지요."

"……."

"곱게 대우를 해드릴 때 받아들이시면 되는 겁니다."

운현이 대우를 해 주는 자는 대우를 받을 만한 이들뿐이다. 이를테면 중처성처럼 제몫을 당당히 해내는 자들이나 대우를 받을 자격이 있었다.

'쓰레기야.'

각주와 같은 자들은 운현이 대우할 자에 속하지 않았다. 아니 못했다.

약간의 무른 근성을 갖고 있던 전이라면 이런 자에게도 적당히 대우를 해줬을지 모르나, 지금의 운현은 전혀 그렇지 않았다.

암화를 고꾸라트릴 때까지. 자신의 인연이 닿은 자들이 안전해질 때까지는 인정을 베풀 생각은 없는 운현이었다.

"……그러겠네."

"자, 그럼 시작은 뒤집기부터 하지요. 각주 어르신이 직접 하면 더욱 빨라지겠습니다."

"……말만 하게나."

"그럼 보자……."

상큼한 미소. 각주에게는 악귀의 미소가 될 표정을 하고서는 하나둘씩 뒤집어엎기 시작하는 운현이었다.

*　　*　　*

가장 처음으로 한 것은 선의각의 정비.

"할 일을 하게끔 해야지요. 더 사람을 모을 것도 없이 제대로만 돌아가도 만족스러울 겁니다."

어차피 선의각에 있는 자들은 난다 긴다 하는 의원들이다.

황궁만은 못하더라도 그들 모두 명성이 꽤 되는 자들인 터.

의술만 연마하는 자가 드물기야 하지만, 그들이 가진 실력이 어디로 가는 것은 아니었다.

운현은 그런 자들이 제대로 일하기를 원했다.

'쉽게 쉽게 놀지 말란 거지.'

관례이니 뭐니, 적당히만 움직이는 선의각의 의원들에게 온갖 일들이 주어졌다.

무림맹의 무인들을 치료하는 것은 기본이니 넘어간다손 치더라도. 의원이 꼭 치료만 할 건 아니었다.

전생이 아닌 중원이기에 되레 해야 할 것이 더 많았다.

운현은 그걸 하게끔 했다.

"약을 만들라 이 말인가?"

"예. 그리 들었습니다. 당장 사파가 준동할 수 있으니 금창약부터 시작을 하여 온갖 약을……."

"허어."

당장 약을 만들게 하는 것은 기본 중의 기본이었다. 이쯤은 불만이 생기긴 해도 충분히 할 수 있는 일이었다.

문제는 그 뒤.

"……또 뭔가. 금창약은 만들라는 만큼 만들어내고 있지 않은가."

"새로이 또 약을 만들라 합니다."

"벌써 유시(17~19시) 아닌가!"

시간이 언제가 되었든 계속해서 명을 내렸다.

그 명을 어길라치면.

"……이걸 우선 보고 이야기하시라고."

"뭔데 그러나."

"꼭 의원님만 보시라고……."

"흠……."

무언가 적힌 종이들이 배달되었다.

"……이걸 대체 어디서 얻었나?"

"부각주님이 전해주라 말씀하셨습니다."

"……부각주님이?"

"예."

안의 내용은 각자 다르면서도 같을 것이 뻔했다.

그들이 그동안 저지를 죄목들. 관례랍시고 약초들을 자신들이 사용한 것들. 또는 그 이상의 비리들이 빼곡히 적혀 있었다.

하오문에 개방이 힘을 쓰니 들키지 않으려야 않을 수가 없었다.

평시라면 어떻게든 해결을 볼 수도 있겠으나.

'망할. 안 그래도 뒤숭숭한데……'

사파가 준동하고 있는 상황이지 않은가.

이런 상황에서 괜히 분란을 만들었다가는 쉽게 해결할 일이 크게 나서도 해결치 못할 일이 되곤 한다.

이걸 핑계로 선의각을 넘어 무림맹 내에 잡도리라도 하게 된다면, 잘못하면 난리가 날 수 있는 것이다.

아찔한 일이다. 덕분에 종이를 건네받은 자들은.

"큼. 그래, 언제까지 하면 된다고?"

"되도록 많이 만들면 된다고 전해 달라 하십니다. 약초는 충분히 준비를 하셨다고…… 근데 괜찮으시겠습니까? 벌써 유시인데."

"허허. 안 괜찮을 게 또 뭔가. 해야지. 내 밤을 새워서라도 해야 하지 않겠나."

"너무 무리는 마시랍니다. 앞으로 계속 움직이셔야 한다고."

"……허허. 그래. 알겠네."

울며 겨자 먹기로라도 움직일 수밖에 없었다.

차라리 약초를 만지고 약을 만드는 자들은 쉬운 일이었다.

"……이걸 다 하란 말이오?"

"분석을 해 주셔야 합니다. 명사들의 분석도 의미가 있으나 의원들이 하는 것도 나름 의미가 있지요."

"허어……."

의원들이 나서 할 수 있는 일들은 부려먹듯이 다 시킨 운현이었다.

불만을 말하는 자?

"이걸…… 전하시라고."

저승사자가 가지고 다니는 명부보다도 더 지독한 것들이 그들의 손에 쥐어졌다.

그들이 향유하던 것들이 족쇄가 되어서 그들의 목을 옥죄고 있었다.

* * *

불만이 아주 없는 것은 아니었다.

운현이 하남성에서 당기재를 부리던 것 이상으로 선의각 사람들을 굴리기 시작하는데 불만이 생기지 않는 것도 이상했다.

해서 그들의 말이라면 어지간히 따라주는 각주를 찾아가나.

"각주! 이게 무슨! 지원 요청은 또 뭡니까. 그리고 대체 저희가 어찌……."

"……따르기나 하게."

그들의 편이 되어줄 줄 알았던 각주는 이미 그들 이상의 상태였다.

며칠은 잠을 자지 못했는지 눈은 퀭해 있고, 거뭇했다.

손은 덜덜 떨면서도 용케도 재주는 남아 있는 건지 약초들은 잘도 다듬어서 필요한 만큼 꺼내들고 있었다.

그걸 배합하는 손길이 여간 조심스러운지라, 어디 황제에게 진상하는 영약을 만들기 위해서 고군분투라도 하는 게 아닌가 싶을 정도였다.

각주는 누가 봐도 열과 성을 다하고 있었다.

평소의 각주라면 무림맹의 간부들과 소일거리로 농을 따먹거나, 기녀들이 있는 기방이나 가는 게 주 일인 터.

그 외에는 선의각의 의원들과 함께 친분을 나눈다는 요량으로 온갖 약을 나눠먹기도 한 게 각주였다.

그런 각주가 그 누구보다 열과 성을 다해서 약을 제조하고 있으니, 그 모습이 사뭇 어색해 보일 수밖에 없었다.

"각주님도 만드시는 겁니까."

"……따르기나 하래도."

"허허……."

누가 봐도 백팔십 도 사람이 변해 있었다. 적어도 겉으로는.

'……각주도 약점이 잡힌 게로군.'

허나 사람이 어디 쉽게 변하겠나.

선의각의 다른 의원들. 몇 글자씩 적힌 종이들을 받고 벌벌 떨면서 움직이고 있는 다른 의원들처럼 각주도 약점을 잡힌 게다.

'망했군. 망했어…….'

애써 이곳까지 달려 온 의원은 각주의 모습을 보고서 그제서야 실감했다.

모든 게 망했다. 그들이 하던 모든 것들이 족쇄가 되어서, 그들로서는 따를 수밖에 없게 됐다.

각주도 아닌 부각주인 운현을 말이다.

"……가보겠습니다."

"일 보게나. 괜히 나섰다가 피 보지 말고. 정잔 의원은 괜히 나섰다가…… 감찰각에 끌려갔다더군."

정잔. 각주와 같은 연배였다. 지역에서 이름난 명의였으나, 지금에선 반쯤 한량이 된 자였다. 선의각에 적을 두고 꽤 여러 가지를 해먹기도 했다.

가장 악질이었달까.

그런 그가 감찰각에 끌려갔단다.

너무도 믿기지 않아 다시 물을 수밖에 없는 의원이었다.

"……근래 안 보이더니 감찰각에 말입니까?"

"그래. 감찰각에. 새로 감찰각에 각주가 왔다지?"

"……허. 허허…… 듣기는 했습니다."

"무정지권이라는군. 무정지권!"

감찰각. 말이 감찰각이지 유명무실하게 변한 지 오래다. 그런데 그런 감찰각에 끌려갔다라?

'감찰각을…… 당리개 어르신이 데려온 원자성이 맡았다고 했던가.'

원자성. 별호는 무정지권. 정의를 행함에 있어 정을 두지 않고, 오로지 원리 원칙대로만 움직인다고 알려진 자였다.

그가 사용하는 권법도 정직하기 그지없었다. 오로지 정권. 변초도 없이 날려대는 특색 없는 무공이었다.

그의 성격에 딱 들어맞았달까.

하지만 약하진 않았다.

우직함 안에는 강맹함이 서려 있어서, 어지간한 변초는 쉽게 파쇄했다. 그도 모자라 상대를 으깨기까지 했다.

정직함에도 별호를 가지고 이름을 날린다는 것. 그것만으로도 그가 얼마나 강한지를 대변해주는 모습이었다.

무림맹이 썩기 시작하자, 느끼는 바가 있었는지 당리개가 떠날 때쯤 같이 무림에서 홀연히 잠적했던 그였다.

그런 그가 당리개의 요청을 받아들여 유명무실해진 감찰각의 장이 되었다는 건 들었으나,

'빠르군…….'

결과는 상상 이상이었다. 그들 예상 이상으로 빠르게 감찰각을 재정비하는 데 성공한 듯했다.

그러지 않고서야 정잔 의원이 감찰각에 끌려갔을 리가 없다.

'아찔하다.'

뒤로는 운현이 약점을 쥐고 죄어대고, 앞으로는 무정이라는 별호가 붙은 감찰각이 기다리고 있을 줄이야.

얼마 전까지만 하더라도 무림맹의 명성에 기대 적당히니 세월아 네월아 하던 시절과는 달라져도 너무 달라지지 않았는가.

아찔하지 않으면 그게 더 이상했다.

'현실이 바뀌었어.'

십수년 전. 무림맹이 제대로 돌아가던 그때처럼 무림맹이 변화하고 있었다.

여기서 지금까지 부려왔던 패악질을 부려봐야 얻을 것은 하나 없어 보였다.

당장 옷을 벗고 무림맹을 떠날 것이 아닌 한.

'아니 떠난다고 하더라도…… 그 각주라면 찾아올지도 모르지.'

이미 선택권은 그들에게 없었다. 운현이 나서기 전에 떠났어야 했다. 남아 있는 이 순간 그들이 해야 할 것은 이미 결정됐다.

"……보던 환자들이나 마저 보러가겠습니다."

"그러도록 하게."

반쯤은 거멓게 죽은 채로 선의각 의원들이 움직이기 시작했다.

* * *

"햐…… 역시 신의님 일 시키는 실력은 보통이 넘습니다?"

"칭찬으로 듣지요."

당기재. 그는 새로 들어간 무력대의 부각주로 있으면서

한창 몸을 굴리고 있었다.

이를테면 텃새 때문이었다.

아직 어리다면 어린 나이인 당기재 아닌가. 운현에 비해서야 많지만 그도 후기지수다.

그런 상황에서 대주는 아니더라도 부대주로 턱하니 들어왔으니 사람들이 질시를 하는 것도 당연한 이야기.

"으읏. 거기 아픕니다."

"……남자끼리 있을 때는 신음을 참으시죠."

"큼큼."

"오늘은 몇 명이나 상대했습니까?"

"다섯입니다. 그래도 많이 줄었죠."

"줄긴 했군요."

"무슨 텃새가 그리 심한지 죽겠습니다. 그려. 그래도 신의님의 새로운 검대는 분위기가 전혀다른 거 같습니다만……휴우."

텃새로 인해서 매일같이 대련 신청이 들어온다.

좋은 말로는 교류라고 하는데 말이 좋아 교류였다. 비무명목으로 계속해서 덤벼들면 아무리 당기재라고 하더라도 벅찰 수밖에 없었다.

이긴다고 하더라도 심력 소모도 어마어마할 수밖에 없었다.

'그런 면에서 보자면 선의각은 쉽긴 했지.'

선의각은 무력보다는 의술로 모인 집단이기에 쉬웠던 터.

당기재가 있는 곳은 무력대이니만큼 무력으로 텃새를 풀어대려고 하니 답도 없었다.

"그나마 신의님이 준 영약들 아니었으면 탈날 뻔했습니다."

"효과가 괜찮덥니까?"

"급한 대로 쓸 만하더군요. 독공을 익히다 보니 효능이 예상보다 덜하긴 하지만…… 그걸로도 만족스러웠습니다."

"흠. 그것도 대량 생산 해야겠군요."

"그러면 꽤 힘이 보충될 겁니다. 무림맹의 전력도 꽤 오르겠지요."

"과연…… 좋습니다."

운현이 미리 만들어서 당기재에게 준 영약들.

'응급약이나 다름없지…….'

말이 영약이지, 내력의 양을 확하니 늘리기 보다는 부족한 내력을 금세 채우기 위한 용도로 만든 약 덕분에 당기재가 버틸 수 있었다.

앓는 소리를 하기는 해도 표정을 보면 확실히 약빨을 받았다.

'실전에서는 생각 이상으로 유용하겠어.'

잘만 쓰면 유용을 넘는 수준이 될 게다. 임시지만 내력이 오른다는 건 때로 생명줄이 될 수도 있었다.

"많이 뽑아내야겠습니다."

"……선의각 의원들 다 죽겠군요."

"원하신다면 당 소협 자리도 있습니다. 와서 약 제조를 도와주는 것도 좋지요. 안 그래도 힘들다 하지 않으셨습니까. 내 무적자 어르신께 부탁을 한번……."

운현의 농이 끝나기도 전에 당기재가 손사래를 강하게 친다.

방금 전까지만 하더라도 아프다고 앓던 팔로 잘도 휘젓는다. 하남에서의 악몽 같았던 노동이 기억이 난 게 분명하다.

"하…… 하하. 아닙니다. 아니에요. 언제 제가 또 그랬습니까. 잘해야지요. 제가. 잘."

"흠…… 괜찮으시겠습니까?"

꾸욱.

"으읏…… 읏."

팔을 누르자 자신도 모르게 신음을 내뱉는다. 그러다 운현의 표정을 살피고서는 억지로 신음을 삼킨다.

여기서 신음을 더 내보였다가는, 부상을 핑계로 잠시 몸을 보중할 겸 선의각에서 일을 시키기라도 할 기세임을 당기재는 훤히 읽었다.

"……어서 치료나 해주시지요."

꽤 재미있게 무림맹이 돌아갔다.

* * *

그 사이.

"하핫. 드디어 부르셨군. 때가 왔어. 때가!"

"어서 준비합시다. 섬서까지 길이 멀지 않습니까."

운현의 부름을 받은 자들이 하나둘씩 출발을 하기 시작했다.

그가 황궁에 있을 당시, 몸을 움직여 모였던 의방 사람들이 가장 먼저 출발했다.

오랜 시간 떠나 있었지만, 충성도로 보자면 가장 드높은 자들이 바로 의방 사람들이지 않은가.

움직이는 모습이 경쾌하다 싶을 정도로 서둘러 움직였다.

하나 둘만 움직이게끔 하는 건 아니었다. 여러모로 운현은 신경을 썼다.

"흠…… 새로이 필요한 게 있다 이건가?"

"그렇다고 하십니다. 도련님이 이리 요청하시는 건 또 오랜만이지 않습니까."

"움직일 때가 됐다 여긴 걸지도 모르지. 준비만 해오지 않았나. 우리 표국도."

"하핫. 그건 그렇습니다. 채비를 바로 갖추지요."

"그래야겠군. 그래도 미리 받은 의뢰는 완수해야 하니, 둘 정도는 빠져줘야겠네만……."

"……그건 제비라도 돌려야겠습니다. 빠지려는 자가 없지 않겠습니까?"

"허허. 재밌는 상황이구먼."

의방에 이어서 표국까지. 운현이 세세하게 보낸 요청을 따라 움직이기 시작했다.

운현이 뿌려놓은 씨앗들이 발아하여, 우현과 함께 움직이기 시작한 게다.

본격적인 대전이 벌어지기 얼마 전의 일이었다.

〈다음 권에 계속〉

DREAMBOOKS★

DREAMBOOKS

DREAMBOOKS